講談社文庫

霊視刑事夕《ゆ》雨《う》子《こ》 2

雨空の鎮魂歌《レクイエム》

青柳碧人

講談社

目次

霊視刑事夕雨子《ゆうこ》2

雨空の鎮魂歌《レクイエム》

第一話　アリガトウという言葉

1

　中野区新井《あらい》は、西武新宿線新井薬師前《あらいやくしまえ》駅の南西側に広がる住宅街だ。新興のきれいな住宅が多いが、少し入れば古くからの住宅や、何かの工場跡のような建造物もいくつかある。

　パトカー二台と、警察車両らしき車が二台停《と》まっていたのは、古く黒ずんだ外壁の二階建ての建物の前だった。一階と二階の間の外壁には古い旅館の風呂場に使われているようなタイルが貼られてあり、《ヨネナガタイル》という看板が出ている。

　大崎夕雨子《おおさきゆうこ》はタクシーを降りると、顔見知りの制服警官に挨拶し、黄色い規制テープをくぐった。

　鑑識の仕事は終わっていた。見たこともない大きな機械が二台、埃《ほこり》をかぶっている。タイルの破片がコンクリートの床に散らばっていて、現在は使われていない建物であることがすぐにわかった。

「遅いわよ、大崎」

トレンチコートの女性刑事が近づいてきた。

彼女は野島友梨香《のじまゆりか》。ついこの間まで警視庁捜査一課の第一線で働いていたけれど、とある事情で、中野署の刑事課に飛ばされてきたのだった。

「すみません。今日本当は非番だったんですよ。タクシーを捕まえたんですけど、道が混んでまして」

「言い訳してんじゃねえぞ」

ずんぐりした体型の、天然パーマの刑事がつっかかってきた。早坂守《はやさかまもる》。夕雨子より五歳年上の同僚で、何かと攻撃的だ。

「こっちはもう三十分も前から、ここにいるんだ」

「無駄口を叩《たた》くな」

早坂の頭をファイルで叩くのは、棚田健吾《たなだけんご》だ。居丈高で、いつも周囲を見下したような目つきである。

遺体はすでに運び出されていたが、被害者がどこに倒れていたのかは一目瞭然だった。入り口から見て左側、大型の機械とは逆のほうに、粗末なソファーが一組、向かいあっている。応接スペースのつもりなのだろうが、手前のソファーの上やそばの床に、大量の血液が付着していた。

「被害者は、稲下治《いなしたおさむ》、六十二歳。日本語学校《稲下日本語アカデミー》の校長よ。死亡推定時刻は午前九時前後で、死因は腹部を刃物で刺されたことによる失血死。凶器は見つかっていないわ」

野島は簡潔にまくしたてる。

「第一発見者は稲下の経営する日本語学校の元講師、日野《ひの》さつき。ここから徒歩七、八分のところに住んでいて、稲下自身にここに呼び出されたと証言している」

その日野は、現在、表の警察車両の中に待たせてあるという。

「彼女によれば、今朝、携帯電話に稲下治から電話がかかってきたんですって。出たら、稲下の声で『話があるから十時に新井の《ヨネナガタイル》に来てくれ』と言われた。指定された十時にやってくると、ガラス戸が少しだけ開いていた。中に入って遺体を発見したっていうのよ」

夕雨子は腕時計を見た。十時五十分。まだ一時間も経《た》っていない。

「ここ、タイルの会社ですよね。日本語学校の先生が、なんでこんなところに？」

「この会社は十四年前に店主の病気で廃業した。その店主も亡くなり、家族は今、神奈川県の座間市に住んでいるわ。問い合わせてみたら、店主と稲下は若い頃からの友人で、廃業するときに鍵を預けたらしいの。その鍵は稲下の遺体のすぐそばに落ちていたわ」

言うと野島は首を回すようにしてその薄暗い建物の中を見回した。

「人に聞かれたくないことを相談するにはもってこいの場所ということね」

ふん。隣で棚田が鼻で笑った。

「どうせ、あの女が犯人だ」

「あの女って、誰ですか」

夕雨子は訊《たず》ねる。

「通報者の日野だ。稲下から電話がかかってきたというのがそもそも嘘《うそ》なんだ」

蛇のような目で棚田は言う。

「日野は二ヵ月前に《稲下日本語アカデミー》を辞めさせられていて、それ以来、無職だそうだ。理由はまだ詳しく調べていないが、稲下を逆恨みしたんだろう」

「携帯電話の発信履歴はどうなんですか」

夕雨子は訊《き》いた。

「日野の携帯と、稲下の遺体のそばに落ちていた携帯、共に九時二分に通話記録は残っている。だが、そんな通話記録は簡単に残せる。九時に稲下を殺害してからすぐに稲下の携帯から自分の携帯にかければ済む話だ。あとは遺体と共に一時間過ごしてから通報すればいい。他人に発見される恐れが少なく、自宅からも近く、稲下から呼び出されたという話に信ぴょう性を与えることもできるこの場所は、殺害現場として最適だ」

「でも、日野さんはここのことを知っていたんでしょうか」

「細かいことをぐじぐじ言うな。そんなのは、取り調べで吐かせればわかることだろうが」

棚田が叫んだそのとき、夕雨子の背中はぞくりとした。首のストールが揺れた気がする。

「棚田さん！」

制服警官が飛び込んできた。

「付近の側溝で、血の付いたパーカーとナイフが見つかりました」

「なんだと！」

興奮する早坂の横で、棚田はにやりとした。

「日野を署に連行するぞ。パーカーとナイフが日野のものだと判明すれば事件は解決だ」

「早期解決ですね、棚田さん」

「おい、野島に大崎。《稲下日本語アカデミー》のほうは、お前たちが行け。日野の動機について徹底的に裏を取ってこい」

偉そうに言い放つと、棚田は早坂と共に現場を出ていった。野島はソファーの背もたれに腰かけたまま、冷ややかにそれを見送るだけだ。

「やっとうるさいのがいなくなったわ。でもまあ、今のところ日野が怪しいのは間違いなさそうね。聞き込みで裏が取れればおしまいだわ」

「じゃあ行きますか、日本語学校に」

「何を言ってるの。聞き込みをするって言ったでしょ」

野島は夕雨子の首のストールを指さした。

「まだ、いるんでしょ、このあたりに」

「……いますけど」

背中にずっと、寒気を感じている。きーんと、頭も痛くなってきている。話をすると体力がそがれるし、気が進まない。だが、野島は有無を言わさず夕雨子を睨《にら》みつけてきた。

「犯人が誰かなんて、被害者に訊くのが一番手っ取り早いに決まってる」

自明の理だった。返す言葉もなく、夕雨子はストールに手をかけた。

2

自分にその力があるのを夕雨子が知ったのは、小学生のときだった。

大崎家は、巣鴨《すがも》の商店街にある和菓子屋だ。まだ夕雨子が小学校一年生だったある日、隣の布団屋のおじいさんが病気で亡くなった。可愛《かわい》がられていた夕雨子も葬式に参加し、別れを惜しんで泣いた。

ところが次の日、夕雨子の家と直結した店に、そのおじいさんが現れた。きょろきょろと商品を見回しているおじいさんに、父も母も気づいていない様子だった。夕雨子はおじいさんを見ているうち、全身が寒くなり、頭痛を感じた。まるで、風邪をひいたようだった。

「どうしたの？」

いつの間にか背後に立っていた祖母にそう訊かれた。

「あそこに布団屋のおじいちゃんがいる」

祖母ははっとし、「あなたにも見えるのね」と言った。

昔から祖母には、死んだはずの人間、俗に言う〝幽霊〟が見える力があった。その力は、父を飛ばして、夕雨子に隔世遺伝をしたようなのだった。

「お父さんとお母さんには言うんじゃないよ。あの二人は、死後の世界とか、そういう話は嫌いだからね」

祖母の言いつけを守って、自分の力を秘密にして生きることに決めた。

ところが、霊というのは案外どこにでもいるものだ。学校への行き帰りの道、近所の商店、駅……そういったところで不意に霊に出会ったとき、夕雨子の体には稲妻のような寒気が走り抜け、かき氷を無理やり口に押し込められたような頭痛を感じた。お墓参りなど、もってのほかだった。突然体調を崩す夕雨子を心配して、両親はあちこちの医者に見せたが、効果がないことは本人が一番わかっていた。

「私も初めはそうだったんだよ。でも、年を取るごとに鈍感になっていくからねえ」

そう言って笑っていた祖母だったが、さすがに日常に差し障りがあることを理解してくれ、あるときどこからか買ってきたストールを夕雨子にプレゼントしてくれた。不思議なことにそれを巻くと、驚くほどに霊が見えなくなった。祖母は、そのストールに、霊から夕雨子を守ってくれる〝念〟を込めたのだった。

霊がいるであろう場所では、寒気や頭痛を感じるけれど、それでもストールのない頃に比べればだいぶ軽いものだった。

以降、祖母は毎年夕雨子の誕生日に、新しいストールをくれるようになった。

そんな祖母も、夕雨子が高校三年生に進級した春に亡くなった。

以来、念の込められたストールは更新されていない。夕雨子は高校二年生の時に贈られたものをいまだに巻いて日々過ごしている。色褪《いろあ》せた赤い色のそのストールは、警察官という職業とはまったくちぐはぐな物だった。

その男性は、自らが倒れていたソファーの向かい側に腰かけていた。夕雨子は彼の遺体が運び出されてから現場に到着したから顔は知らないが、ワイシャツの胸から腹部にかけて、血液の染みができているので間違いはないだろう。

「稲下治さんですね？」

霊は顔を上げた。太い眉と特徴的な鷲鼻《わしばな》。夕雨子はこめかみを押さえた。いつもとは違った頭痛を感じる。稲下の威圧的なまなざしがそうさせるのかもしれない。見えていない野島は、夕雨子のそばで、そのソファーをじっと見ている。

「このたびは急なことで、なんといったらいいのか……お悔やみ申し上げます。捜査を担当することになりました、警視庁中野署刑事課の大崎夕雨子といいます」

普通は遺族に対してする自己紹介だ。被害者自身にするのは、全国二十六万人の警察官の中で、夕雨子一人だろう。

「わけあって、私はあなたの姿を見ることができます。稲下さん。あなたを殺害したのが誰なのか、教えていただけますか？」

稲下はじっと夕雨子の顔を見ていたが、何も言わず、目をそらした。

「稲下さん。私の声、聞こえていますよね？」

反応がない。

話の通じない幽霊はたまにいる。しかし、生きている側の声が聞こえない霊には会ったことがない。彼も聞こえているという確信が夕雨子にはあった。聞こえていて、わざと無視しているのだ。何か理由がありそうだ。

「今日の朝九時ごろ、日野さつきさんに電話をしましたか？」

「…………」

「あなたがこの事務所にやってきたのは何時ですか？　日野さんに、何の用事が？」

「…………」

「日野さんは、あなたの学校で働いていた経歴があるとききましたが」

「…………」

何を聞いても、稲下は岩のようにしゃべらなかった。

「あなたは、日野さんに殺害されたんですか？」

この質問をした直後、

「――ちがヨッ！」

甲高い声が、すぐ後ろで聞こえた。夕雨子は振り返り、ぎょっとした。

「――さつき先生ないヨッ！　ワタシ、見たんだヨッ！」

痩せていて、すれたジーンズと、血の付いた青いストライプのシャツに身を包んでいる。東南アジア系の浅黒い顔をしているが、その顔面の右の額から頰にかけて、皮膚の原形がわからないほどに血まみれだった。たぶん、三十歳にはなっていないだろう。

「えっ、なに？　もう一人いるの？」

夕雨子の反応を見て、野島が騒ぎ出した。夕雨子はうなずき、新しく現れたほうに訊ねる。

「あなた、誰なんですか？」

「――ワタシ、サムソーク。サムソーク・タップラプカーン。よろち、おながいします」

「あっ、よろしくお願いします」

両手を合わせるその礼儀正しさに、夕雨子も思わず頭を下げてしまう。

「それで、サムソークさんは、何を見たんです？」

「――稲下先生、ナイフ、刺したのひと！」

彼は、再び興奮した。

「――さつき先生ない。男だよ。あほひげだよ」

「あほひげ、ない。あー、なんという、あれ……」

「あほひげ？」

「──黙れっ！」

突然の怒号。ずっと黙っていた稲下が、すうっとサムソークに近づいていった。額を突き合わせんばかりにしてサムソークを睨みつける。

「ど、どうしたんです、稲下さん？」

「──こいつの言うことは、真っ赤な嘘だ」

「──うそ、まっか、ない。うそ、色、ないデショ」

「──日本語では、そう言うんだ。消えろ、日本語の下手くそなタイ人め。消えろ！」

稲下に執拗《しつよう》に怒鳴られ、サムソークは怯《おび》えたまま姿を消していった。稲下は夕雨子のほうに顔を向けた。

「──大崎さんと言ったな」

「は、はい……」

「──お手を煩《わずら》わせることもあるまい。はっきり言おう。私を殺したのは、日野さつきだよ」

稲下治の姿もまた、すーっと消えていく。

「――彼女を逮捕し、裁判にかけてくれ」

夕雨子は、取り残されたようになった。そんな夕雨子の頭が、こつんと小突かれた。

「大崎。ぼーっとしてないで、状況を説明しなさい」

「あ、ああ、はい。稲下さんに事情聴取していると、大きな声で遮られました。そこに、東南アジア系の男性が立っていて……」

今あったことを話す。野島はふんふんとうなずいていたが、話を聞き終えると、

「面白いわね」

と言ってにやりと笑った。

「被害者自身は何も語りたがらなかったのに、第三者の霊が日野の犯行を否定したとたん、日野に殺されたと言い出した。いったい、どういう意図があるのか」

ぶつぶつ言いながら外へ出ていく。警察車両はすでにそこになかった。野島は制服警官のそばを通り抜け、現場から離れていく。

「ちょっと、どこへいくんですか」

塀を一つ曲がると、そこは事件などまったくなかったかのような静かな住宅街だった。電信柱のそばの塀にゴミ排出のルールを示したボードが貼り付けてあり、そばで老婆が一人、箒《ほうき》を使って落ち葉を掃いていた。

野島はゴミ捨てルールをじっと見ていたかと思うと、夕雨子のほうに顔を向けた。

「今日、火曜日だっけ？」

「そうですけど」

「ということは、燃えるゴミの日。……ちょっと、お母さん」

「はい。なあに？」

掃除をする手を止め、老婆が顔を上げる。

「ここに、『燃えるゴミは当日の朝九時三十分までに出してください』って書いてあるけれど、収集はそれくらいに？」

「そうねえ。まあ、五分くらいは遅れることはあるけれど」

「今朝は、どうだった？」

「九時三十分ぴったりに来ましたよ。私の家、ここだから来たらすぐにわかるのよ」

日野が遺体を発見したと証言した時刻の三十分前だ。

「ありがとう」

野島は満足そうに礼を言うと身をひるがえし、現場とは逆のほうへ歩き出した。

「何をやってるの？　行くわよ」

ゴミ出しの時間が事件と何の関係があるというのか。相変わらず、この人の行動の意味はわからない。夕雨子は首を捻《ひね》りながら後を追った。

3

《稲下日本語アカデミー》は、現場から徒歩十二、三分のところにあるという。中野通りへ出、南に向かって歩きはじめてまもなく、サムソークが姿を現した。

「──さつきセンセイ、刺したの人、ないよ」

右半分が血まみれの顔を悲しそうに歪《ゆが》め、彼は言った。しかし、被害者本人は日野さつきが犯人だと言っているわけで……。このタイ人が日野さつきをかばっている可能性もある。

「私たちは今からそれを捜査……調べに行きます」

「──シラベ……あー、はい。でもワタシ見た」

真犯人を見たと言っているのだった。とにかくそれなら、ついてきてもらったほうがいいだろう。でもその前に、この霊の素性を知っておかなければと夕雨子は考えた。

「あなたは、日野先生の生徒だったんですか」

「──そう。ワタシ、タイの学校、卒業したよ」

サムソークは夕雨子の隣にぴったりくっついて、身の上話を始めた。

「――ガラスの会社、はったらいた。ガラス、切るの機械、とても古い。なまけもの。工場ちょ、すぐおこりました」

聞き取りにくい日本語を総合するに、彼はそういった工場で使われる機械技術を専門学校で学ぶため、留学ビザを取得して日本に来たということだった。弁当を作る工場でアルバイトをしながら《稲下日本語アカデミー》で日本語や専門科目を学び、専門学校への進学を目指していた。しかし、日本語の難しさに挫折を覚え、受験勉強に身が入らず、アルバイトを掛け持ちしてお金を貯《た》めることのほうが楽しくなってしまった。

「――おベントと、窓の掃除と、かってんずし。バイト三コ。一週間によんじゅう時間はったらいた」

「違反ですね、それ」

外国人留学生は週に二十八時間しか働くことができない。それを超えて働く外国人が多いことは、東京都のみならず日本中の問題になっている。管内に外国人の多い中野署では専門の対策係がいるくらいだ。

「――そう。しちゃいけないです。さつきセンセイ、それ、すごくおこりました」

本来の目標である受験勉強に身を入れるようにと日野は指導し、サムソークは再び工場のアルバイトだけに絞って、勉強に身を入れた。そして、日本語の能力は以前に比べてだいぶ上達した。

「――さつきセンセイ、授業時間終わっても、いろいろ教えてくれた。本当にいい人」

「なんで死んじゃったの？」

突然野島が訊いた。サムソークの話が聞こえないので退屈なのだろう。サムソークは血まみれの顔面に手をやりつつ、告白した。

「――三ヵ月前、おきくぼのトモタチの家で、パーティー出ました。帰り、車にとばされました」

「三ヵ月前、荻窪《おぎくぼ》で車に撥《は》ねられ、お亡くなりになったそうです」

野島に対する夕雨子の報告を「おなくなり？」と、サムソークは繰り返す。

「――あー、はい。イノチ、おなくなりました」

少し意味は違うが、夕雨子は指摘しなかった。

「――さつき先生、きびしいひと。でも、とてもいいひと。ワタシのお別れの式、泣いてくれました」

「ひょっとして、亡くなってからずっと、日野さんに憑《つ》いてます？」

「――ついてます……。どういう意味。わからない」

「たしかに、『憑く』って、日本人でもあまり使わないですからね。ええと……」

「ガールズバーで、女の子がずっとそばにいてお話ししてくれることを、『つく』って言うでしょ」

野島が口をはさむ。余計に混乱する言い方じゃ……と思ったら、「あー！」とサムソークは叫んだ。

「——ガールズバー、ラジャと行った。フィリピーナのバー。ついてます。はい、わかります。ワタシ、イノチなくなってから、さつき先生、ついてます。でもたまに、ついてない。さつき先生のへや、るす、まもります」

「ずっと日野に憑いてるって？」

「そう言っています。たまに留守のお部屋を守っているとも」

苦笑いをしながら夕雨子は言った。

「生前もその部屋に行ったのかしら。恋人だったとか」

「——恋人、ちがいます」

サムソークは野島の言葉を否定した。

「——恋人、ない。トモタチ。さつきセンセイ、そう言いました……」

照れと少しの寂しさを感じさせる。姿が見えないのをいいことに勝手に部屋に入ったり留守番をしたりという行為はいただけないが、夕雨子はその顔面血だらけの青年がどこかいじらしくなった。

「なんて？」

「一方的に好きだったみたいです。さつき先生のこと」

サムソークに聞こえないように小声で野島に言う。ところが野島はまったく笑わず、

「と、いうことは？」

疑いの色を含んだ目をした。それで夕雨子もようやくピンと来た。サムソークは、日野さつきをかばっている可能性がある。これを聞き出すために野島はあんな質問をふっかけたのかと、夕雨子は恐ろしさすら感じた。

「まあ、とにかく急ぎましょう」

素知らぬ顔で、野島は歩を早めた。

それから十分も歩くと、《稲下日本語アカデミー》と窓に赤い字で書かれた四階建てのビルの前に着いた。エントランスのドアを開ける。同時に、中から出てきた男性とぶつかりそうになった。

「あっ、ごめんなさい」

夕雨子が謝ると、彼は睨みつけてきた。アロハシャツを着て、髪の色は明るく、無精ひげをはやしている。太い眉毛が印象的だった。彼はそのまま何も言わず、去っていった。

「なんなのあれ、感じが悪い」

野島がつぶやいた。

ドアを入ってすぐのスペースにはテーブルセットがいくつかあり、ラウンジのようになっていた。まだ開講前で外国人の姿はなく、蛍光灯も消えていて、カウンターにも人の姿はなかった。

サムソークが滑るようにカウンターに近づいていき、「これこれ」と銀色のベルを指さした。夕雨子はそれを鳴らす。ベルの横には、郵便物の束が積んであり、野島がそれに手を伸ばした。

「ふーん。仮想通貨」

黒いA4型封筒に、《ジャスミン・カレント》という会社名と「はじめよう仮想通貨」という文字が書かれている。

「稲下治宛になってるわね。あの人、仮想通貨の取引を始めるつもりだったんだ」

「なんでもそうやってすぐ詮索するものじゃないですよ」

夕雨子が注意したそのとき、奥からスーツ姿の男性が現れた。憔悴《しょうすい》しきったような表情だった。

「申し訳ありませんが、今、立て込んでおりまして」

「警察の者です。稲下治さんが殺害された件で伺いました」

「ああ！」

稲下直史《なおふみ》という名前と、稲下治の長男で、《稲下日本語アカデミー》の副校長だと自己紹介したあとで、彼は興奮したように詰め寄ってきた。

「父は？　父は今、どこにいるんです？　殺されたって、どういうことですか？」

棚田は彼に、詳細を説明していないようだった。事件のあらましと、遺体を詳しく調べたあとで面会が可能になることを説明した。直史は椅子にどっかりと腰を下ろし、頭を抱えた。

「いったい、どうして……」

「お悔やみ、申し上げます」

直史は立ったままの夕雨子と野島を見上げ、

「すみませんでした」

消え入りそうな声で言うと、椅子を勧めた。

「こんなときに失礼ですが、いくつか質問をさせていただきたいと思います」

「ええ、どうぞ」

「お父様と最後に会われたのは、いつでしょうか？」

「今朝です。父とは同居しておりますが、私は事務仕事がありまして、六時に起きて、七時には家を出ました。そのとき、父はリビングで新聞を読んでいました」

「今日、どこかへ行く予定があるなどと話していませんでしたか？」

「いえ。いつもどおり、十時すぎに出勤してくるものと思っていました」

「お父様が発見されたのは、《ヨネナガタイル》という、今は使われていないタイルの会社の建物なんですが……」

「《ヨネナガタイル》……、新井にある会社ですか？」

「そうです。ご存じですか」

「父の古い友人が経営していた会社です。いつかまた再開するまでと、父に会社の鍵を預けたきりだと聞きました」

「お父さんは今朝、そこへ行くと言っていませんでしたか？」

「まったく聞いていません。いったいなぜ……」

直史は不可解そうだった。

「いったい、誰が父を発見したんですか。通報したのは」

「日野さつきよ」

野島が口にしたその名を聞いた瞬間、直史の顔はがらりと変化した。まるで十年来の仇《かたき》に会ったようだった。

「日野ですって？　どうしてまた」

野島は、日野の証言を直史に告げた。直史はその間じゅう、何度も首を振った。

「嘘だ。父が日野を呼び出すなんてとうていありえる話ではない。……そうか。あいつが父を……」

「まだ、そう決まったわけではありません」

遮るように、夕雨子は言った。

「あいつがやったに決まっている!」

「落ち着いてください。いったい、どうしてそう思うんです?」

直史は怒りで肩を震わせていたが、一回深呼吸したうえで、「失礼」と謝った。

「日野は、二ヵ月前までうちの講師でした。生徒には評判でしたが、思い込みの激しい性格で、父や私とは何度か衝突しました。授業方針についていろいろ意見をしてきまして、父も初めはなだめるように聞いていましたが、次第に日野のほうがうるさくなり、最後の一ヵ月などはほぼ口論状態でした」

「口論ですか」

「はい。文法などより、日常会話の比重をもっと大きくすべきだという主張でした。将来的には日本で働くことを志望する学生が多いので、接客業に役に立つ会話表現を専門に教える講座を開講すべきだと。しかし、生徒の中には大学に進学を希望している者もいます。正確な日本語の語尾変化などをマスターしないうちに日常会話ばかりを行うと、かえって変な日本語を習得したところで安心してしまうのです。たちの悪いことに、言葉というのはじゅうぶんそれで通じてしまう。しかしそれではいけない。『外国人だから変な日本語でいいのだ』という観念が社会にまかり通ることは、やはり生徒たちのためにならないのです」

たぶん、どちらの主張も正しい側面があるのだろう。どこの学校にもありそうな衝突だと夕雨子は感じる。

「それで結局、日野には辞めてもらったのです。再就職先を探すのに苦労しているという話も聞きました。あいつは、父を恨んでいたに違いありません」

「──ちがヨッ！　さつきセンセイ、いい人」

サムソークが、ついにわめきだした。

「──じゅぎょのあと、お金とらない、教えてくれた。このひと、ダメなったい」

意味のわからないことを口走りながら殴りつけようとするが、その手は直史の体を通り抜ける。

「──このひと、すぐ『すみません』と言わせる。言葉の意味きく、『すみません』。えんぴつかりる、『すみません』。さつきセンセイ、それダメとワタシに教えた。『すみません』『ごめんなさい』は、あやまるの言葉。おれいの言葉は……」

「ちょっと、静かにしてください」

「はい？」

「あ……こっちの話です」

直史は不審がっていた。気まずい思いをしながら、夕雨子は畳んであったストールを首に巻く。わめき続けるサムソークの姿は見えなくなったが、怒りと悲しみの寒気は夕雨子の肩から背中にかけてを震わせている。

「あなたは、朝から仕事をしていたって言ったわね？」

野島が訊ねた。

「そうです。入国管理局に提出する在学生データの処理がありまして。ここに着いたのは七時二十分くらいでしょうか」

「それから、ずっと一人で？」

「はい。あ、いや……ついさっき、弟がきましたが」

「ひょっとしてアロハシャツの？」

「お会いになりましたか。則之《のりゆき》といいます」

さっきの、態度の悪い男の顔を夕雨子は思い出した。

「親父《おやじ》が殺されたと警察から電話があったがどういうことだと、乗り込んできました。知らないと答えたら、すぐにいなくなりましたが」

「弟さんも、この学校で働いてるの？」

「まさか！」

直史は言った。

「そりゃ、昔はやっていましたが。十年以上も消息を絶っていたあいつを、今さら働かせるものですか。今は吹けば飛ぶような広告会社で働いていて、この学校とは何も関係がありません。父ともずっと会っていないようです」

「一応、弟さんの勤め先を教えてもらえる？」

「ええ。《白河《しらかわ》アーズ広告》。早稲田《わせだ》にあります」

4

その会社は、早稲田鶴巻町《わせだつるまきちょう》の住宅街の中にひっそりとあった。公園の向かい側の小さなビルの一階をまるまるオフィスにしていたが、デスクは四つ、人は二人しかいない。

「ああ？　稲下？」

代表だというポロシャツ姿の男性は、円形脱毛のある頭をぽりぽりと掻《か》きながら顔をしかめた。

「どこ行ったんだ、あいつは。一時間くらい前にちょっと出てくるって言ってよ、さっき帰ってきたと思ったら、また姿が見えねえじゃねえか、なあ初枝《はつえ》さん」

デスクの上で厚紙を細かく切っていた、小太りの女性が顔を上げる。

「《ファルファッレ》じゃないかしら」

徒歩数分の距離にある、カフェレストランだという。

「なに？　またサボってやがんのか」

「ちょっとは息抜きも必要よ。昨日も徹夜作業だったんだから」

初枝さんと呼ばれた女性に詳しい場所を訊き、夕雨子たちはその店に行った。蔦《つた》の絡みついた外見。道路に面したテラス席が三つあり、その一つにさっきのアロハシャツの男性が腰かけ、アルバムを覗《のぞ》き込《こ》んでいた。

「稲下則之さん」

声をかけると、彼は目を上げた。

「ん？　さっき、会ったか」

「はい。中野の《稲下日本語アカデミー》の前で。警視庁中野署の大崎と、野島です」

「警察？」則之の表情はこわばった。「親父の件だよな？」

そうですと答えると、則之はなぜか、へへっと笑った。

「殺人事件の捜査っていうのは、もっとくたびれたオヤジがやるもんだと思っていたが」

「最近は、女も増えてるのよ」

傍若無人に則之の前の席に腰を下ろしながら、野島が答える。

「考えてもみなさい。人口の半分は女。犯罪者の半分も女。犯罪の半分は女が計画するのに捜査員が男ばかりじゃ、どう考えたって警察に不利でしょ」

「まあ、そうだな」

野島の妙な理屈を、彼は気に入ったようだった。

「お父さんが亡くなったというのに、仕事？」

「うちの会社は小さいんだ。一人でもサボったら潰れちまう」

「昨日も徹夜だったそうね。さっき、初枝さんという人が言ってたわ」

「そうだよ。わかったらさっさと訊きたいことを訊いて、いなくなってくれ」

「そうするわ。まず、今朝の七時から九時の間、あなたがどこで何をしていたか」

「徹夜の延長で、会社で作業をしていたよ。十時十分ぐらいか。携帯に警察から電話があって、親父が死んだ、事件に巻き込まれて死んだって。どうやら殺害されたようだが、捜査上、まだ面会することができないと言われた」

「お父さんが亡くなったと聞いてどう感じた？」

「そりゃショックだったよ。折り合いが悪くてずっと会っていなかったがな……。とにかく兄貴に相談しようと、アカデミーに電話をしたが、出なかった。それで社長に断って仕事を抜け、中野に行ったんだ。だがせっかく行ったのに、兄貴のやつ、俺を邪険に扱いやがった。まるで貧乏神だ。兄貴、俺のこと、何か言ってただろう？」

「あなたのことは何も話したくないみたいだった。あんまり、仲が良くないみたいね」

「最悪さ」

他人事《ひとごと》のように則之は笑う。

「いったい、どうしてそんな関係になってしまったんですか」

夕雨子は訊ねた。則之はちらりと夕雨子を見ると、コーヒーを口に運び、「俺のせいだよ」と、遠い目をした。

「大学を卒業後、俺もしばらく、親父の日本語学校を手伝っていたことがある。でも、全然面白くなくてな。生きている意味があるのかと自分の人生を呪っていた。そんなとき、一冊の写真集に出会ったんだ」

それは、ある戦場カメラマンによる世界各地の戦場の写真集だった。凄惨な写真もあれば、兵士たちの思わぬ笑顔などの写真もあり、則之の心はすっかり虜《とりこ》になってしまったという。

「これが、俺の生きる道なんじゃないか。そう思って、衝動的にカメラを買った。親父と兄貴に戦場カメラマンになるんだと言ったら、鼻で笑われた。頭にきた俺は、お前たちになんか関わっていられないと捨て台詞《ぜりふ》を吐いて、家出したんだ」

「戦場に行ったんですか?」

戦場。恐怖や悲惨さの感情と共にある言葉だ。砲弾が飛び交い、あちこちで人が吹き飛ぶ。当然、無念の霊がうようよしている場所だろうと夕雨子は思ってしまう。

「行かなかった」

則之は、つぶやくように答えた。

「目前までは行ったんだ。とある東南アジアの紛争地域にな。だが、戦地に赴く前に足がすくんでしまい、結局そのまま帰国したんだ。自分が情けなくて涙が出たね。でも、親父と兄貴に大見得を切った以上、すごすごと帰れるわけがない。日本の各地に赴いて、デモとか、住民運動とか、そういうのを撮影しては出版社に持ち込む、ケチな仕事で食いつないでいた。刑事事件関係のこともやっていたがそれも限界がきて……まあ、いろいろあった。今の社長に拾ってもらったのが、一年前さ」

家出してから十四年経っちまったと、乾いた笑いを漏らす。

「そんな人間を許そうっていうほうが珍しい。今回のことを機に、俺はもうアカデミーには近づかないことにするよ。向こうも迷惑だろう」

「もう一度、お兄さんと話しあってみれば」

「無理だよ」

「でも、兄弟ですし」

「大崎」

野島が首を振っていた。これ以上、首を突っ込むなという表情だった。

「ありがとう。ご遺体との面会については、追って連絡するわ」

「もういいよ。兄貴と鉢合わせしたら気まずいしな」

「一応、こちらの義務だから」

野島は言い渡し、夕雨子の腕を引っ張る。

そのとき、稲下則之の顔色が変わった。夕雨子たちの後ろを見ているようだ。振り返ると、グレーのスーツの男性二人組がテラス席に上がってきていた。

「稲下則之さんですね」

年配の、華奢《きゃしゃ》な体型のほうが訊ねた。だが夕雨子の目は彼ではなく、後ろのがっちりした若いほうにくぎ付けだった。向こうもすぐに、夕雨子のことを認識した。

「あれ？　大崎じゃないか？」

「三田村《みたむら》くん……」

「何よ、知り合いなの？」

野島が訊ねる。

「警察学校の、同期です」

「中野署の刑事課だったよな？」

「うん。三田村くんは戸塚署だったよね。そういえばここは管内か」

んん、と三田村と共にやってきた背の低い男が咳払《せきばら》いをした。

「お二人とも、警察官のようですね。稲下さんとお話し中でしたか？」

「もう終わりました」

「では代わっていただけますか？」

威圧感のある声だった。夕雨子が場所をあけると、彼は稲下の顔を見た。

「警視庁の平波《ひらなみ》といいます。国際組織犯罪を扱っています」

「本庁の刑事だったの」

野島がつぶやいた。彼女も少し前まで警視庁で働いていた身ではあるが、部署が違えば見覚えのない顔もたくさんあるのだろう。

「《KLGグローバル調理師紹介センター》について捜査をしています。ご存知ですね」

「し、知らない……」

夕雨子が見てもわかるほど則之は動揺していた。平波の目が光る。

「そうですか。外国人の調理師を日本にあっせんする偽装会社、いわゆる不法就労者ブローカーです」

中野署でも外国人犯罪は多発しているので、調理師紹介業者を装った悪徳ブローカーについては夕雨子も少し知識がある。

日本国内の飲食店で外国人がコックとして働く場合は、調理師専門の就労ビザが必要となる。母国で十年の飲食店勤務の経験がないとこのビザを取得できないという条件があるが、勤務経験の証明書に決まったフォーマットはない。つまり、勤務経験があったように見せる偽造の証明書は容易に作れるのだった。ここに目を付けて現れたのが、調理師紹介業者を装って不法入国をあっせんする悪徳ブローカーだ。彼らはニセモノの証明書を作って調理師でもない外国人を入国させるばかりか、先に入国した調理師が家族を招くという名目で、全く関係のない不法入国者をも増やしている。

「代表の、蕨幸三《わらびこうぞう》という男の名に覚えはないですか？」

「知らない」

平波の厳しい口調の問いを、稲下則之は目をそらしたまま否定する。

「おかしいですね。我々は蕨が使っていたメールアドレスを複数入手しました。その中の送付先に、あなたの名前があったのですが」

「嘘だろ。そんなこと、もう……」

「もう、とは？　以前はやっていたということですか」

次の瞬間、則之の右手がすばやく動き、コーヒーカップの中身が平波に降りかかった。

「うわっ！」

平波は動転し、身をのけぞらせた。則之は敏捷《びんしょう》な動きでテーブルの上に飛び乗ると、一気にテラスの柵を越えて道路へ跳躍した。

「ま、待てっ！」

三田村が慌てて追おうとするも、階段につまずき、倒れてしまう。

「まったく、何やってんのよ！」

その三田村の体を飛び越え、野島が追いかけた。夕雨子も走り出す。則之は角を曲がり、公園の中を突っ切るつもりのようだった。

「大崎、あんたはそのまま追って、公園に！」

「はい！」

言われたとおりに公園に入っていく則之を追う。出てきたところを確保するつもりなのか、野島は公園に沿った道を進んでいった。

「いてえなっ！」

見ると、若者が尻もちをついていた。そばにスケートボードが転がっている。則之が彼にぶつかったらしい。

「謝れよっ！」

則之は何も言わずにまっすぐ逃げていく。公園の出入り口ではなく、茂みのほうだ。夕雨子は尻もちをついている若者に近づき、

「これ、貸してください！」

スケートボードを拾ってさらに追いかける。

「おい、待てよ！」

若者の声を背後に聞きながら、則之が柵を越えて道路に出ていくのを認めた。野島がものすごい勢いで右からそれに迫りつつある。則之は、野島とは逆の方向へ逃げはじめた。

「野島さん、これっ」

夕雨子は茂み越しにスケートボードを投げる。その瞬間、首からはらりとストールが落ちた。

野島は両手でキャッチすると足元に落とし、片足を載せ、もう片方の足で地面を蹴る。上手《うま》いものだった。自分で投げ渡しておきながら、みるみるうちに則之との距離を詰めていく野島を、信じられないような気持ちで夕雨子は見ていた。

「待ちなさいって言うのに！」

だいぶ則之に近づいたところで野島はスケートボードから飛び降りる。同時に勢いよく蹴り出されたスケートボードが足に当たり、則之はバランスを崩して倒れこん

だ。すかさずその体に、野島の体が覆いかぶさる。

「──グレート！」

夕雨子のすぐそばで、サムソークが称賛の声を上げた。

5

野島が取り押さえた稲下則之は、三田村と平波に連行されていった。三田村はしきりに礼を言っていたものの、平波は「あとで取り押さえたときの状況を詳しく書類に書いてもらうことになるかもしれません」と、ワイシャツはコーヒーまみれのくせに事務手続きについてのことばかりを気にしていた。

「父親が殺害された日に別の容疑で身柄を拘束されるなんて。何か気になりますね」

「他の署の事件なんか気にしていたらきりがないわ」

そういう野島もどこか考え深げな顔をしている。そう思っていたら、

「お腹《なか》がすいたわ、ご飯食べながら、今後の方針を考えましょう」

「──ごはん、いいとこある」

横から、サムソークが口を挟んだ。

「──知り合いの、ミャンマーの店」

早稲田に近い高田馬場《たかだのばば》は、在日ミャンマー人のコミュニティがあり、リトル・ヤンゴンという別名もあるほどだ。サムソークが案内したのは、稲下則之が騒ぎを起こした場所から歩いて十五分ほどの、テーブル席が六席しかない小さな店だった。

農村の風景画が壁に飾られている。青々とした水辺に、三角形の家が四つ。森も背後の山も深い緑色で、神秘さとのどかさが入り混じった、日本の田舎にはない雰囲気がにじみ出ていた。日本人客は夕雨子たちしかおらず、周囲の客たちは皆、異国の言葉でぺちゃぺちゃしゃべっている。

「サムソークのいきつけの店なの？」

注文を済ませた後で、夕雨子は空いている席に腰かけているサムソークに訊ねた。

「――いきつけ、ワカラナイ。ラジャが教えてくれました」

「ラジャっていうのは、友だちよね？」

「――はい。日本でのいちばんともだちです」

サムソークより一年早く日本にやってきて《稲下日本語アカデミー》で学んでいたラジャという友人は、人当たりがよく、あちこちに在留外国人の知り合いがいるという。見知らぬ日本に一人でやってきたサムソークの不安を彼は和らげてくれ、フィリピンパブなどに連れて行ってくれたのだそうだ。

「――ラジャ、やさしい。でも日本語、ワタシよりへったくそです。一緒にさつき先生に日本語ならった」

サムソークの笑顔を、夕雨子は初めて見た気がした。

「はい、おまたせしました」

ミャンマー人の女性店員が、料理を二人分、運んできた。チキンを香辛料で煮込んだものだった。

「これ、お好みで入れてください」

テーブルの上にある調味料を手で示した。唐辛子の沈んだ赤いオイルだった。

「なんか、辛《から》そうね」

そう言いながら、野島はそれをスープに垂らしていく。

辛いスープを二口も飲むと、舌がひりひりした。

「――とらにく、おいしいでしょ」

「とらにくじゃなくて、とりにくでしょ」

サムソークの日本語を訂正しながら水を一口含んだとき、スマートフォンが震えた。

「ちょっと、出てきます」

「ここで出なさいよ」

「店内で事件関係の電話をするのは……」

「外で電話して、日本語がわかる人に聞かれたほうがまずい」

周囲の客たちは、自国語でぺちゃぺちゃとおしゃべりをしている。夕雨子たちのほうを気にするでもない。彼らの頭の中から、日本語はシャットアウトされているようにも見える。

夕雨子は通話マークをタップした。

〈もしもし、大崎か？〉

さっき会ったばかりの三田村だった。

「うん。どうしたの？」

〈稲下則之が、例のブローカーに関わっていたことを認めたよ。カメラマンを目指して東南アジアを放浪していたから言葉が少しわかって、通訳をしていたらしい〉

まだ聴取は始まったばかりだからどれくらいの罪になるかはわからないが、実刑はなさそうだ、と三田村は言った。

〈身柄はもう少しうちで拘束することになると思う。そっちの事件で聞きたいことができたら、まず俺に連絡をしてほしい〉

「わざわざ、ありがとう」

〈気にしないでくれ。一応訊いておきたいんだけど、蕨幸三という男は、そっちの事件に関わってはいないよな？〉

「ないと思うけど……ちょっと待ってね」

夕雨子はスマホを遠ざけ、サムソークにその名を聞いた。サムソークは「ワカラナイ」と首を振った。

「やっぱり関係ないみたい」

〈そうか。ありがとう〉

「じゃあ、切るね」

〈あっ、待て！〉

三田村が予想外に大声を出したので、夕雨子はびくりとしてしまった。

〈大崎、今度会えないか？　渡したいものがあるんだ〉

「渡したいもの？　何よ？」

〈それは……、会ったときに〉

不意に、警察学校で学んでいたときの一コマが頭の中によみがえってきた。辻村《つじむら》さんという同期の女性がある日、「三田村くんって、夕雨子のことを気に入っているらしいよ」と言ってきたのだった。

それが何を意味するのか、夕雨子にだってわかっていた。だが、明日の警察官を目指す者が恋愛などにかまけている暇はなかった。

卒業してからも、何度か誘いのメッセージが届いていたが、そのたびに夕雨子は適当にはぐらかしていたのだ。今日、久々の再会のときに感じた気まずさはそれが理由だった。

「ああ、うん。今はこっちの事件があるから。落ち着いたら、こっちから連絡する」

結局、そんなふうに答えてしまった。

〈そうか。頼むな〉

「うん。じゃあ」

通話を切る。顔を上げると、野島がにやついていた。

「誘われたの？」

「いや、そんなんじゃないです」

「警察官同士でもいいじゃない。チャンスがあったらつかまないと」

「だから、そういうんじゃないですって」

「女性警官は独身率も高いの。まあ、私の場合はこの性格も災いしているかもしれないけれど」

「はあ、まあ、わかる気がします」

野島の目つきが変わり、唐辛子オイルの瓶をつかむ。

「否定しなさいよ、この、この」

夕雨子の皿に赤い飛沫《ひまつ》がぶちまけられる。

「わっ、やめてくださいよ。ごめんなさい、ごめんなさい」

二人のやりとりを見て、サムソークは無邪気に笑っている。

テーブルの上に置いたばかりのスマートフォンが短く震える。夕雨子は左手で野島の手首をつかみながら画面を見た。

「野島さん。シンさんからメッセージです。現場近くにあったパーカー、鑑識の結果が出たみたいです。『日野の所持品であると本人が確認。ただ、犯行は否定』……だそうです」

夕雨子は気分が沈みそうになった。

「動機もある。物的証拠もある。何より殺された本人が名指ししている。やっぱり犯人は、日野さん……」

「――ちがヨッ！　言ってるでしょ！」

サムソークが怒鳴る。

「確信したわ」

野島は口を開いた。

「犯人は、日野じゃない。日野に罪を着せようとしている何者かよ」

「――エッ？」「えっ？」

夕雨子はサムソークと声を合わせてしまった。

「燃えるゴミは火曜日の九時三十分に収集に来る。掃除していたお母さんも言ってたわ。徒歩圏内に住んでいる日野も、当然収集のタイミングは知っていたでしょう」

野島がゴミ収集について気にしていたことを、夕雨子は思い出していた。

「それがどうしたんですか？」

「日野さつきが犯人ならどうして、パーカーとナイフ、ゴミ収集車に持っていってもらわなかったのよ？　現場にはゴミ袋も古い新聞もあった。新聞でくるんでゴミ袋に詰め込んでしまえば、外からはただの燃えるゴミにしか見えない。収集業者は他のゴミと一緒にゴミ収集車の中に放り込んでしまう」

「たしかに」

「それなのに、パーカーとナイフは現場のすぐ近くに残されていた。まるで、見つけてくださいと言わんばかりにね」

平然と言ってのける野島に夕雨子は戦慄を覚える思いだった。あの段階で、それを確認していたのだ。この人、やっぱり鋭すぎる。

「でも、犯人はどうやって日野さんのパーカーを手に入れたっていうんですか」

「さあ……サムソークは、何か知らないかしら」

夕雨子はとっさにサムソークを見る。

「ワカラナイ」

さっきと同じ返事だった。

「わからないそうです」

「そう。……まあ、早く食べて署に戻りましょう。日野さつきに話を聞かなくちゃ」

6

「野島さん、お帰りなさい」

中野署刑事課に戻ると、初めに鎌形《かまがた》が話しかけてきた。夕雨子の向かいのデスクに座っている男性刑事だ。病弱そうな外見をしていて、現場では頼りない。被疑者にはもっと強い態度で当たれと、藤堂《とうどう》課長にいつも小言を言われている。

「《ジャスミン・カレント》について調べました。昨年創設されたばかりの仮想通貨取引業者で、匿名性が高いことで業界では有名なようです。口座を作るときの審査も甘く、問題視する専門家も多いです」

「やっぱり。聞いたことがあると思っていた」

野島が満足そうにうなずく。

《稲下日本語アカデミー》にあった封筒の送付元だ。野島はこの会社について調べるように、鎌形に連絡を入れていたらしい。聴取や取り調べに関しては頼りない鎌形だが、こういう調査にかけては中野署刑事課の中で一番なのだった。

「初めは情報を出すのを渋っていましたが、警察だと伝えると話してくれました。稲下治にパンフレットを送付した記録がたしかに残されていました。しかし、まだ口座は開いていないそうです」

「ありがとう。仕事が早いわ」

事件に関係があるんですかと訊こうとしたそのとき、

「よお、戻ってきたか」

今度はシンさんが、腰をさすりながらやってきた。

刑事課でもっとも古株の刑事だ。ついこの間まで、夕雨子はこのシンさんと共に行動をしていた。刑事として関係者にどう接するか、犯人とはどう向き合ったらいいのか、現場での立ち居振る舞いを教えてくれたのはシンさんだった。だがシンさんは腰を痛めてしまい、聞き込みはおろか、長時間立っているのもままならない状態になってしまった。同時期に警視庁から異動してきた野島と組まされるようになったのは、そういういきさつからだった。

「日野の聴取、だいぶ長引いているみたいだ。さっき隣の部屋から覗いてみたが、棚田のやつ、すっかり日野をホシと決めてかかってる。本当に、あいつがやったのか？」

「――ちがヨッ！」

「違います」

頭上のサムソークに合わせるように、野島がはっきりと答えた。シンさんは驚いていたが、すぐににやりと笑う。

「じゃあ、お前たちが代われよ。あれじゃ、いつまでたっても埒《らち》があかねえ」

「そのつもりです。行くわよ、大崎」

「行くわよって、どうやって棚田さんたちを説得するんですか」

野島は答えず、突き当たりの取調室の前へ向かう。ノックもせずにノブを握り、勢いよくドアを開けた。

「おい、何だ！」

壁際の机で調書を作っていた早坂が、目を吊《つ》り上《あ》げた。振り返った棚田が「出ていけ」と立ち上がった。窓に近いほうの席には、紫色の服を着たボブカットの女性が不安そうにしていた。

「――さつきセンセイ！」

サムソークが届かない叫びをあげる横で、

「日野さつきさんのアリバイが証明されたわ」

野島は開口一番、とんでもない大嘘を放った。

「彼女の住んでいるマンション《グランマール中野》の前で、日野さんとあいさつを交わした人がいたの。犬の散歩をしていた野々村隆夫《ののむらたかお》さん、七十二歳、男性。時刻は午前九時三分。ちょうど稲下さんが刺されていた頃よ」

ののむらたかお。誰それ？　夕雨子は黙って見守るしかない。

「なんだと？　なぜそんなに時間が正確なんだ」

「その人、時計屋さんだから何かあったらすぐに腕時計を見る習慣があるのよ。早く裏を取りに行きなさいよ。逃げないように私たちが見張っててあげるから」

棚田はぎりぎりと歯ぎしりでもしそうな顔で野島を睨みつけていたが、

「何ぼさっとしてんだ、行くぞ！」

早坂を促し、取調室を出ていった。野島は棚田の座っていたパイプ椅子に腰を下ろす。

夕雨子は改めて、日野さつきの姿を見た。丸顔で、切れ長の目をしている。棚田にずいぶん厳しく取り調べられたものと見え、おどおどとしていた。

「あの……」

日野は口を開いた。

「私、犬の散歩中のおじいさんになんて、会っていません。それに、私が住んでいるのは《松田ハイツ》です。《グランマール中野》なんてマンション、知りません」

「そうでしょうね」

野島は笑い、ポケットティッシュを机の上に放り投げた。

――野々村時計店　グランマール中野ビル２Ｆ
「今朝、現場へ向かう途中でもらったの。刑事のくせに容疑者の住まいの名前も憶《おぼ》えていないほうが悪い」

日野はわけがわからないといったように、野島と夕雨子の顔を見比べた。

「私たちは、稲下さんを殺害したのがあなただとは思っていない」

野島の言葉に、日野は目を見張った。

「今朝九時二分、稲下治はあなたに電話をかけてきた。間違いないわね」

「はい」

「それは、本人から？」

「間違いありません。稲下先生の声には独特の震えがあります。あ、ただ……どこか、くぐもったような声でした」

野島はこの答えに満足げに口元を緩ませ、「次の質問」と人差し指を立てる。

「蕨幸三という名前に心当たりはないかしら」

横で聞いている夕雨子にとって不可解な質問だった。稲下則之の関わっていた悪徳ブローカーの名前が、なぜここで出てくるのか。稲下則之は十四年もアカデミーに関わっていないから、日野さつきにとってはまるで無関係のはずだ。

ところが、日野は意外な反応をした。

「どこかで聞いた気がします。『わらび』という珍しい苗字《みょうじ》……あっ」

「何か思い出した？」

「アカデミーを退職する二ヵ月ほど前のことだったと思います。夜遅くまで成績処理をして、帰ろうとしたとき、一階の応接室から校長の怒鳴り声がしたんです。心配になって見にいってみると、校長が一人の男の人と向かい合っていました。痩せた、スーツ姿の男性でした。たしか校長はその人のことを『わらび』と呼んでいたような」

「何の話をしていたの？」

「そこまではわかりません。校長が、私が立ち聞きしていることに気づいたようなので、ごまかしてそのまま帰りました」

稲下治が、悪徳ブローカーの代表と接点を持っていた。いったいなぜ……？　混乱しそうになる夕雨子の前で、野島はさらに質問を重ねる。

「ところで、現場の近くから見つかった血まみれのパーカー、あなたのものだというのは本当なのね？」

「本当です。さっき見せてもらいました。でも、五日くらい前に、盗まれたものなんです」

「盗まれた？」

「はい。寝巻代わりに使っているものなんですが、洗濯して外に干して、外出したんです。帰ってきて取り込もうと思ったら、ありませんでした。私の部屋は一階で、パーカーが干してあるのは外の道からも見えますから、塀を乗り越えれば簡単に盗めるんですが、別にブランド物でもないですし、なんであんなものを盗んだのか……」

野島は聞きながらうなずいていたが、

「だいたい見えてきたわ」

そうつぶやいたかと思うと、夕雨子のほうを向いた。

「サムソーク、いるわよね」

「野島さん、日野さんの前でその名前は……」

日野はその名に目を丸くしていた。

「サムソークというのは、私の生徒だった、タイ人の？」

「サムソーク。あんた、パーカーを盗んだのが誰なのか、本当は知ってるんでしょ？」

野島は、その見えない相手に向かって、大声を張り上げた。サムソークの動きがぴたりと止まった。

「先生の留守を守っていたんだったら、パーカーを盗まれたところを見ていたはずよ」

「――ワタシ……しらない」

「知らないと言っています」

夕雨子は戸惑う日野を気にしながらも野島に告げる。

「嘘をつくんじゃないの。だいたい、日野さんに憑いていると聞いたときから、おかしいと思っていたのよ。もしあんたが彼女と一緒に十時に現場に着いたのなら、真犯人の顔を見ているはずがない」

「あっ！」

夕雨子は叫んだ。まったく、なんでこんな大いなる矛盾に気づかなかったのだろうと夕雨子は自分を怒鳴りつけたくなる。日野さつきと行動を共にしていたのだとしたら、稲下治が殺害された九時ごろに現場にいたわけはないのだ。

「だから私は初め、稲下を殺害したのを見たサムソークが日野さんをかばうために嘘をついているんだと疑った。だけど、ゴミ収集の時間の件から、それもおかしいと思いなおして、一つの結論にたどり着いたの。サムソーク、あんたがつきまとっていたのは、日野先生じゃなくて、先生の部屋から盗まれたパーカーだったのね」

サムソークは何かをぶつぶつ言っている。

「あの、これは、どういうことですか」

日野さつきは混乱していた。夕雨子は彼女を手で制し、野島に訊ねる。

「でも、どうしてそのパーカーが現場の近くに落ちていたんですか」

「それもサムソークに訊けばわかることよ」

「ですから、なぜサムソークの名前を……」

と、日野が再び口を挟もうとしたとき、扉が勢いよく開いた。

「おい野島！　俺たちを騙《だま》したな」

棚田と早坂が帰ってきた。そう思って振り返り、夕雨子は心臓が口から飛び出るかと思った。二人の後ろに、スーツ姿の痩軀《そうく》の男性がいる。整髪料でびっちりと固められた頭髪。岩のように張り出した額ときりりとした眉。

「有原《ありはら》、何しに来たのよ？」

野島が厳しい目を向けた。

有原俊成《としなり》。警視庁捜査一課に所属し、かつて野島とコンビを組んでいた刑事だ。組織捜査を重視する彼は野島とは性格があわず、野島が中野署に配属になったあとでもこうしてたまに事件で顔を合わせると、いがみ合っている。夕雨子はいつもそれを、冷や汗をかく思いで見守るだけなのだ。

「今朝、新井で起きた殺人事件。我々が今追っている連続殺人事件との関連を調べている」

「はあ？　連続殺人事件って。そんなの関係ないわ。邪魔しないで」

「そうはいくか。聴取を代われ」

虎の威を借る狐《きつね》とばかりに、棚田がすごむ。

「ああもう、核心に迫るところなのに！」

野島は勢いよく立ち上がり、彼らに向かっていく。がなりたてる棚田と早坂、それに有原の三人を廊下へと押し戻しながら、「あとはあんたが訊き出しなさい」と夕雨子に命じて出ていった。

「どういうことなんですか」

日野は不安と不審の混じった目で夕雨子を見ている。

「え、ええと……」

急に一人にされたが、ここは自分がなんとかするしかないと夕雨子の中に使命感がわいてきた。とにかく、野島はすでにサムソークの名を何度も口にしている。変なごまかしはきかないと判断し、夕雨子は告白することにした。

「私、死んだ人が見えるんです」

「それって、幽霊ということですか」

「ええ。刑事がこんなことを言うのはおかしいと自覚していますが、信じてもらえますか？」

日野は戸惑い、言葉を選ぶように唇を震わせていたが、

「サムソークが……いるんですか、今ここに？」

そう疑問を口にした。夕雨子はうなずき、今朝現場を訪れたときのことから今まで
の一部始終を話した。途中から日野は口元を押さえ、目を潤ませた。

「サムソーク……ごめんなさい」

なぜ謝るのか。

「私、あなたが死んだあの日……」

「――ちがヨッ！　泣かないで、さつきセンセイ」

サムソークは悲しげに訴えた。何があったのかわからないが、立ち入るのはやめて
おこうと夕雨子は思った。いつ棚田たちが乱入してくるかわからない。

「サムソーク。あなたが隠し事を続ければ、日野先生の疑いはなかなか晴れない。犯
人も見つからない。パーカーを盗んだのは誰なの？」

夕雨子と日野の顔を見比べるようにしていたサムソークだが、

「――言えない。プアン……」

夕雨子の知らない外国語を話した。何かのヒントだと、直感した。

「日野さん。プアンって、どういう意味ですか」

「それは、タイ語で『友だち』を表す言葉です」

「友だち……」

夕雨子は気づいた。サムソークと一緒に日野さつきの課外授業を受けていた友人。

「ラジャね？」

サムソークは、うしろめたそうに目を伏せた。

「話して。これ以上黙っていると、さらに先生を苦しめることになる」

7

ＪＲ高円寺駅の北口にほど近いタイ料理店《アユタヤ・モール》。夕雨子は店の一角の固い椅子に腰かけて待っている。

野島は嘘をついて捜査を混乱させたことを説明せよと藤堂課長に叱られ、中野署の外に出ることを禁じられてしまった。本来なら夕雨子も共に説教を受けるところだが、ごまかして抜け出してきたのだった。不安だがやるしかないと自分を奮い立たせる。日野さつきの無実を証明できるのは夕雨子しかいないし、サムソークはもう、嘘をつかないと誓ってくれた。

午後五時を回ろうとしたとき、そのアルバイト青年が出勤してきた。

「ラジャナン・オバマット・マバーロさんですね」

舌を嚙《か》みそうになる名前を言いながら、夕雨子は警察手帳を見せる。ややふっくらした体型の彼は、ぎくりとした顔をした。

「みんなからは、ラジャと呼ばれているとお聞きしました」

「……ハイ」

フィリピンの出身だが、父親の仕事の関係で子どもの頃から母国とタイを行き来していたので、タイ語もしゃべることができる。ただし、日本語学校での勉強の成果はほとんど出ておらず、サムソークよりも日本語は不得手だった。来日してアルバイトをしながら専門学校への進学を目指すも、日本語の難しさに挫折してただの外国人フリーターのようになっている現状は、サムソークと似たり寄ったりだ。

「五日前、中野に住む日野さつき先生のお宅から、服が盗まれた件で、お尋ねしたいのですが」

夕雨子の言った日本語の意味を、完全にラジャが把握したかどうかは疑わしい。しかし、「日野さつき」「服」「盗まれた」などの単語だけで、その態度は不審さを増した。

ラジャは何かを叫ぶとくるりと背を向け、店の外へ出ようとする。その手首を握り、引き止めた。

「あなたが盗《と》ったという証言があるの」

夕雨子の手を振りほどこうとするラジャ。そのとき夕雨子の背後で、サムソークが何かを口走った。

「――ラジャに言って」

「ええ？」

「――早く」

そう言って、同じ言葉をゆっくりともう一度言った。

「(ラジャ、お前んちで一緒に作ったカオマンガイは、ひどい味だったな)」

夕雨子は戸惑いながら、少しも意味を解することのできないその異国の言語を繰り返す。ラジャの動きがぴたりと止まり、夕雨子を振り返る。

「(日本の調味料は何でもうまいと言って、お前がしょうゆを入れすぎたんだ。おまけに火が強すぎて黒焦げになっちまった)」

「サムソーク？」

どうやら、通じたようだった。サムソークはすかさず、別の言葉を口にする。

「(さっき先生の家からお前がパーカーを盗んだ日、寝ているお前のそばに、俺が出たのを覚えているだろう)」

「アア！」

ラジャは突然両手を頭にやったかと思うと、狭い店の中をうろうろしはじめる。

取調室の日野さつきの前で、サムソークが目を伏せながら証言したのは以下のとおりだった。

ラジャは、サムソークと共に日本語を教わっているうち、日野さつきに恋愛感情を抱いてしまった。サムソークが事故死した後もラジャは個人的に日野に日本語を教わり続け、思いを募らせていたようだ。

そんなラジャにとって、日野が《稲下日本語アカデミー》を去ったのは耐え難《がた》いことだった。学校の事務所に忍び込んで講師の住所録を盗み出し、日本語に詳しい者の協力を得て日野の住所を突き止めた。そして、外に干してあったパーカーを、衝動的に盗んでしまったのだという。

*

そのとき日野さつきの「留守を守って」いたサムソークは、ラジャがパーカーを盗んだところを目撃し、そのままラジャについていった。眠るラジャのそばでパーカーを返すように訴え続けると、ラジャははっと目を覚まし、きょろきょろとあたりを見回した。なんとなく声は聞こえるようだが意味は取れないようだった。だが、パーカーを手に取って首をかしげるようになった。日野に対する謝罪の言葉をつぶやき、パーカーを返却することを決意した。

ところがラジャはなぜか、日野に直接パーカーを返すのではなく、稲下治を頼ったのだった。預かった稲下は、アカデミーの事務室に置いた。サムソークは稲下がパーカーをどうするのかが気がかりでずっとそのそばについていたのだった。

　そして、今朝。アカデミーにやってきた稲下治はパーカーを取ると、すぐにまたアカデミーを出ていった。後を追ったサムソークがついていったのは、《ヨネナガタイル》というおんぼろの建物だった。しばらくすると黒いスーツ姿の、あごひげを生やした男が現れ、稲下と何やら話を始めた。

　二人の会話の内容は、サムソークにはわからなかったが、やがてスーツ姿の男がナイフを取り出した。二人はもみ合い、稲下は刺されてしまった。

　刺すつもりはなかったのか、男はがくがく震えだした。すると、床に倒れた稲下は力を振り絞るようにして日野のパーカーを取り出し、自ら血をつけて男に渡したというのだ。逃げ出す男を追いかけ、サムソークは外へ出た。男はパーカーとナイフを側溝に捨てると、さらに逃げ去った。

　このパーカーが見つかったら、日野が疑われるのではないか。心配で、サムソークはその場に留まり続けたのだという。

　純朴そうなサムソークがこんなに重要なことを黙っていたことは夕雨子にとってシ

ョックだった。だがとにかく、いくら確固たる目撃証言だって、幽霊の発言は信じてもらえない。ラジャの供述をとるため、夕雨子は高円寺へと足を運んだのだった。

「同行してくれますか」

ラジャは汗をびっしょりかいた顔で、夕雨子を見ている。

「(この人と一緒に行くんだ)」

サムソークが耳元でささやいたそのタイ語を話すと、ラジャは夕雨子の顔を見て、ゆっくりうなずいた。

ラジャを伴って署へ戻ると、野島はデスクで書類仕事をしていた。稲下治の事件にはこれ以上関わるなと藤堂課長からきつく言われてしまったらしい。

「有原さんはどうしたんですか?」

「日野に聴取をして帰ったわよ。『連続殺人事件とは関係ないらしい』って、当たり前じゃない」

仇敵に対するような不快感を露わにした。本当に性格が合わないのだろう。

「ところで誰よ、そいつ?」

「ラジャさんです。日野さんのパーカーの」

夕雨子はラジャを待たせたまま自分の椅子を引いて腰かけ、周囲に聞かれないようにサムソークが告白したことを手短に話した。野島の反応は平然としたものだった。

「やっぱりね」

「野島さん、全部、わかっていたんですか」

「だいたいね。でも、今ので確信に変わったわ。もう戸塚署にも連絡を入れて、情報を送ってもらってる」

藤堂課長の命令など無視して、野島はやはり独自に進めていたらしい。

野島はノートパソコンを開く。一人の目つきの悪い男性の画像が現れた。

「——あっ！」

これは誰なんですかと夕雨子が訊ねる前に、サムソークが叫んだ。

「——稲下センセイ、刺したのひと！」

8

翌日、午前九時。夕雨子と野島は、再び現場の《ヨネナガタイル》にいた。

黄色い規制テープが張ってあるものの、人はいない。現場保存の原則から、ソファーにはブルーシートがかけられているが、床に染み出した血までは覆われていなかった。

夕雨子はサムソークと野島と三人、ソファーの前に足を進める。ストールはすでに外してある。

「稲下治さん」

呼びかけると、背中に寒気が這《は》い上《あ》がってきた。

「まだこちらにいるのはわかっています。姿を現してもらえませんか」

ブルーシートの上に、すーっと黒い影が浮かび上がる。やがて影は一人の人間の形となった。胸から下を血まみれにさせた、稲下治だった。顔はうつむき加減だが、夕雨子を睨み上げるような目つきである。

「いらっしゃいました」

稲下のいる場所を示すと、野島が一歩前に出て、一枚の男性の写真を突き出した。写真に目をやった稲下の顔が、ぴくりと動いた。

「蕨幸三。これがあなたを殺した犯人ね」

「――知らん名前だ」

稲下は白を切った。地獄の底から聞こえてくるようなおぞましい声だった。

「――何度言ったらわかるんだ? 私は、日野さつきに呼び出され、ここで刺された。このタイ人は日野に心酔していた。日野をかばっているんだ」

「日野さんに刺されたという主張は変えないようです」

「それは嘘」

　野島は見えない相手に向かって言い放つ。

「ラジャナン・オバマット・マバーロが白状したわ。昨日、この現場のそばで発見された血のついたパーカーは、日野さつきの家から彼が盗んだものよ」

　稲下は何も言わなかった。野島は続けた。

「あなたの息子、稲下則之は、写真家を目指してうだつが上がらない日々を過ごす中で、蕨幸三と知り合い、生活費を稼ぐために蕨の悪事を手伝ってしまった時期がある。その過去と決別して《白河アーズ広告》で働きはじめたのが一年前のこと。あなたは、息子がようやく定職に就いたことに安心した」

　夕雨子は固唾をのんで、稲下の顔を見つめている。

「ところが、蕨は自分と縁を切りたがっている則之の家族が日本語学校を経営していることに注目した。そして、あなたを強請《ゆす》ったのね。悪徳ブローカーに関わっていた過去が広告会社に知られたら、せっかく就職できたのに解雇させられてしまうかもしれない。あなたは息子を守るため、蕨に金を渡し続けた。あなたと蕨がお金を巡って口論しているところを、日野さつきも目撃しているわ」

「――違うっ！」

　寒気の波動。「ひっ」とサムソークが自らの頭を守る。

見えていない野島にも、その衝動は伝わったようだったが、怯《ひる》むことなく彼女は話を続ける。

「蕨は要求をやめないどころか、さらにエスカレートしていった。あなたに、外国人留学生をターゲットにした詐欺の片棒を担がせようとしたのよ」

「――くっ!」

稲下の目が見開いた。

「架空の留学の学校のサイトを作成し、《稲下日本語アカデミー》の付き合いのある外国の留学支援組織に紹介する。学費は他の学校より低めに設定して、前払い制にする。それが振り込まれるやいなや、すぐに引き出してサイトを閉じ、姿をくらませる。偽装資格で不法入国をあっせんしていたことのある蕨が考えそうなことね」

「最近、問題になっている手口です」

夕雨子も口添えした。

「だから最近は、どこの銀行も日本語学校の名義の口座には敏感になっていて、調査は厳しくなっています」

「ところが、まだそういう詐欺に敏感になっていない分野がある。仮想通貨よ」

野島はコートのポケットから《ジャスミン・カレント》の封筒を取り出した。

「顧客の匿名性が強い取引業者の口座に仮想通貨で学費を振り込むようにすれば、足がつくことがない。もしこの計画に協力してくれたら、二度と則之のことをネタに強請ることはしない。蕨はそう言ったんでしょう？」

　稲下は目をそらしているが、確実にその耳に野島の言葉は届いていた。

「昨日はその打ち合わせだった。人目につかない場所としてここを指定したのは稲下さんのほうだったでしょう。ついでにあなたは、ここから徒歩圏内に住んでいる日野さんに返そうと考え、ラジャから預かったパーカーを持参した。打ち合わせの内容は推して知るべし。稲下さんが必死に動いたにもかかわらず、蕨は強請《ゆすり》をやめようとはしなかった。そして、ナイフをちらつかせてあなたを脅した。もみ合っているうちに、そのナイフはあなたの胸に刺さってしまった」

　サムソークが昨日告白したとおりの光景だ。

「死を悟りながら、あなたは焦った。自分を殺害した罪で蕨が捕まれば当然、息子が悪徳ブローカーに加担していた過去もばれてしまう。警察の目を蕨からそらすためには、別の犯人をでっちあげなければならない。そこでふと、日野のパーカーのことを思い出した。彼女には自分を殺す動機もある。あなたはパーカーに自分で血をつけ、ナイフと共にどこか近くの見つかりやすいところに隠しておくようにと、自分を刺した蕨に託したのよ。自分に警察の手が及ぶことを恐れた蕨もそれに従った。そしてあなたは、最後の力を振り絞り、日野に電話をかけた」

電話の向こうの稲下の声はどこかくぐもっていたと日野さつきは証言していた。あれは、痛みを必死でこらえ、意識がもうろうとする中で電話していたからなのだった。

「以上が私の推理だけれど、何か意見は？」

稲下治は背中を丸めたままじっとしていたが、やがて口を開いた。

「――則之はどうなる？　警察は、則之があの卑劣な男の片棒を担いでいたことを、勤め先に報告するつもりか」

「則之さんが詐欺をしていた過去を、勤め先に報告するのか。そうおっしゃっています」

「やっぱり息子のことが心配なのね」

得心がいったような顔をすると、野島は夕雨子を見てうなずいた。

夕雨子はアコーディオンカーテンを引き開け、そこで待っていた二人を招き入れた。そのうちの一人の顔を見て、稲下治の顔がこわばった。稲下則之だった。その背後には、驚きの表情を浮かべた三田村剛《つよし》もいる。

「親父、本当に、そこにいるのか？」

「……はい」

夕雨子はためらいがちに答えた。稲下則之に対してではなく、三田村への配慮だった。彼には何も言わず、殺人事件の重要参考人だから連れてきてほしいと頼んだだけなのだった。アコーディオンカーテンの向こうで、こちらの話は聞こえていたに違いなかった。

「大崎、これはいったい、どういうことなんだ？」

「三田村くん。私、死んだ人が見えるの」

「見えるって、嘘だろ？」

「うるさい。外野は黙ってて！」

野島が一喝する。協力を仰いだのはこちらなのにと、夕雨子は申し訳なくなる。

稲下則之は、信じられないという表情で、こちらに近づいてきた。夕雨子の力をすっかり信じているようだった。

「稲下治さんに一つ、お知らせをするわね」

野島は何事もなかったように、ソファーに向き直った。

「則之さんが悪徳ブローカーに関わっていたこと、《白河アーズ広告》の社長はもともと知っているのよ」

「――なんだって？」

「そうよね、則之さん」

「ああ」則之は答えた。「就職するときに、すべて話したんだ。社長はもう蕨と縁が切れたことを確認したうえで、俺を採用してくれた。『何かそのブローカーに言われて困ったことがあったら、なんでも相談に乗るぞ』とまで言ってくれたんだ」

声が、涙に詰まった。

「実際、一緒に働いていたやつが会社に来たこともあったよ。だが社長は身を挺《てい》して、俺を守ってくれた。俺はこの会社でやっていこうって決めたんだ」

「——そうだったのか……」

稲下治は途方に暮れたような声だった。

「——大崎さん、だったかな」

「はい」

「——君の相棒の推理は正しいよ。私を殺したのは、蕨だ。全部、私が悪い。則之が就職の報告に来たとき、私はぞんざいに扱った。あのとき、しっかり話を訊いておけば、蕨に翻弄されることもなかったんだ」

威圧的に感じていた稲下の姿は、今や小さく見えた。夕雨子は切なくなる。

「親父は、なんて？」

「——則之に伝えてくれ」

夕雨子より先に、稲下治が口を開いた。

「——お前、いい会社を見つけたな。しっかりやれ」

「いい会社を見つけたな、しっかりやれ。そう言っています」

「――もう一つ。反対はしたがな、私はお前の写真、悪くないと思っていたぞ。本当だ」

「則之さんの写真、好きだったと」

「……ああ、ありがとう」

則之は、絞り出すようにそう答え、目頭を押さえた。その横で、野島が訊ねた。

「稲下さん。この三田村という刑事は、蕨幸三の行方を追っているの。彼の居場所を知る手掛かりはないかしら」

稲下は、ああとうなずいた。

「――あいつはいつも、アカデミーに非通知で電話をかけてくる。だが一度だけ、電話番号が表示されたことがあった。それをメモしたものが、校長室の机の引き出しの中にある。青い付箋紙だ」

9

夕雨子と野島が取調室に入ると、日野さつきはゆっくりと顔を上げた。野島は彼女の向かい側の椅子を引いて腰かけ、夕雨子はその後ろに立つ。サムソークは、日野さつきのそばに近づいた。

「日野さん、稲下治を殺害した真犯人が逮捕されたわ」

「え？」

「私たちは、もう帰宅していいということをあなたに告げに来たの」

日野の顔に、みるみる血の気がさしていった。

《稲下日本語アカデミー》の校長室で見つかった電話番号から割り出されたのは、文京区春日《かすが》のマンションの一室だった。地元警察署はもちろんのこと、戸塚警察署や本庁とも連携を取り、午後一時にはそのマンションの部屋に押し入った。

2LDKの室内に机が四台とパソコンが数台の、何の変哲もない事務所という印象だった。デスクについている男性四人が一斉に押し入ってきた夕雨子たちを見てきょとんとしたが、その中に蕨幸三の姿もあった。

本庁の平波との打ち合わせでは、まず先に詐欺の容疑で全員を逮捕する予定だったが、ベランダから逃げようとする蕨に野島がとびかかり、「稲下治を殺害したのはあんたね？」とすごんだ。否定していた蕨だが、ついに根負けして、殺害を白状したのだった。

蕨以下四名の身柄は現在戸塚警察署にあるが、頃合いを見て蕨のみ、中野署へ移送されてくる手はずになった。

「ご帰宅の前に」

夕雨子は書類とペンを、机の上に置く。

「血の付いたパーカーなんですけれど、重要な証拠となりますので、こちらでお預かりすることになります。承諾書にサインをお願いできますか」

日野はペンを取る。サインをしようとしたその手が止まった。

「サムソーク」

彼女は、自分の右側に目をやった。夕雨子は驚いた。まさに、そこにサムソークがいるからだった。

「わかるんですか？」

「ええ。なんだか、このあたりが、温かい気がします」

昨日からつきまとわれている夕雨子は、背筋がぞくぞくして止まらない。だが、温かいと感じる人もいるのかもしれない。サムソークの表情は、そう思わせる。

「日野さん。私は初め、棚田や早坂と同じく、あなたのことを疑っていたわ」

野島が口を開いた。

「でも、この大崎を通じて、サムソークが違うと証言してくれたの。まあ、友人をかばうために嘘をついたのはいただけないけど、あなたの無実が証明されたのは、サムソークのおかげよ」

日野はペンを置き、両手で顔を押さえた。むせび泣きに肩が震えはじめる。

「ごめんなさい、サムソーク。私、あの日、あなたを引き留めていれば」

「どういうことですか？」

「あの日、私はサムソークに居残りの授業をする予定だったの。でも、急に弟が東京に来るからって、予定をキャンセルしてしまって。それで、サムソークは荻窪に行ったんです」

もしあの日、予定どおり授業をしていたら、サムソークは事故に遭わずにすんだ。

目を赤く腫らしながら、日野は言った。

「本当に、ごめんなさい……」

「――オカシイよ、さつきセンセイ。なんでなく」

サムソークはその肩に手を当てながら言った。

「――『ごめんなさい』はあやまるの言葉。おれいの言葉は、『アリガトウ』。そう、教えてくれたでしょ」

「お礼の言葉は、『ごめんなさい』じゃなくて『ありがとう』。日野先生はそう教えてくれたと言っています」

夕雨子の言葉を聞き、日野はいよいよ大きな声で泣き出した。

「そうね。……ありがとう。サムソーク、ありがとう」

「――ワタシも言いたかった。だから、ずっといたよ」

サムソークの体を、淡く黄色い光が包んでいく。

「――センセイ、アリガトウ」

その日本語の使い方は、消えゆく彼のほうが、この場にいるどの日本人よりも上手だと、夕雨子は思った。

第二話　涙目さよなリーヌ

1

変死体が見つかったという通報があったのは、明け方四時すぎのことだった。夜勤だった大崎夕雨子は、相棒で上司の野島友梨香と共に現場に駆け付けた。

真夜中をすぎたあたりから降りはじめた雨は本降りになっていた。遺体が倒れていたのは中野区本町《ほんちょう》四丁目、墓地と住宅街に挟まれた階段のふもとだ。明かりは、階段の中腹にある一本の街灯のみ。夕雨子は懐中電灯で、遺体を照らす。

女性だった。年齢は三十代半ばといったところで、太めの体型。薄手のダウンコートにねずみ色のスウェットという格好だ。驚いたような表情で天を仰ぎ、頭から流れた血は降り注ぐ雨に流されている。

「第一発見者は？」

同じく懐中電灯を携えた野島が、交番勤務の佐々木《ささき》という制服警官に訊ねた。

「新聞配達の青年です。そこのアパートのポストに新聞を入れようとしたところ、発見したそうです」

佐々木は答える。

「声をかけながら体を揺すぶったが反応がなく、首も手も冷たかったと証言しています。まだ配達が残っているというので解放しました。終わったら営業所で待っていてくれるそうですから、話は聞けるはずです」

「わかったわ、ありがとう」

野島は応えながら、遺体の周囲を調べ続ける。紙パック入りのミルクコーヒーとパネトーネと書かれたビニールパッケージ、骨の折れたビニール傘が落ちていた。

「ご遺体の身元は、わかりませんよね？」

夕雨子は佐々木に訊いた。

「そうですね。でも、この格好から見て近隣住民でしょう。落ちていたレシートは、この階段を上ってすぐのコンビニエンスストアのものでした。三時二分にパネトーネとミルクコーヒーを買っています。あとは……、スウェットのお尻のポケットに財布が入っているようですが、写真を撮るまでは現状維持がいいかと思って、確認していません」

遺体のそばに回り込んでみると、たしかに尻のポケットに折り畳み財布が入っているのが見えた。

「すみません。誰かが通るといけませんので、見張っていないと」

敬礼をし、佐々木は階段の上へ去っていく。

「漫画家かな、この人」

その足音が聞こえなくなると同時に、野島が言った。

「どうしてわかるんですか。有名な人ですか？」

「いや」と答えながら、野島は彼女のスウェットの裾に手を伸ばして何かを拾い上げ、懐中電灯で照らしながら夕雨子に見せた。五ミリほどの、ビニールの切れ端だった。

「なんですか、これ」

「スクリーントーンよ」

漫画の原稿に模様を表現するときに、カッターなどで切って貼るシートのことだった。

「中学生の頃クラスメイトに漫画を描いている子がいて、よく使ってたの。漫画家っていうのは生活サイクルが乱れる職業だっていうし、こんな夜中にコンビニに行くのは不自然じゃないわ」

「なるほど」

「っていうか」野島は顔を上げ、手を伸ばし、夕雨子のストールをぐいと引っ張る。

「いたっ」

「毎回毎回、面倒ね。本人に訊けば一発でしょ」

たしかに、現場に着いたときから背中がぞくぞくしてしょうがないのだった。こめかみも錐《きり》を突き立てられたように痛い。でも夕雨子は、気が進まない。

「嫌なんですよ、ここ、お墓の近くだし」

「ごちゃごちゃ言わないの」

強引に、野島にストールをはがされた。寒気が増し、頭痛が襲う。――彼女は、自分の遺体の足元に立っていた。自分の姿を見下ろし、ぶつぶつと何かを言い続けている。

「いた？」

「はい。何かおっしゃっています。……すみません、あの」

声をかけると、夕雨子の顔を彼女は見た。

「――えっ」

「あ、そうです。あなたです。私、見えるんです」

「――えっ、はっ、えっ？」

挙動がおかしくなった。逃げるように住宅街のほうへ走っていく。

「あっ、待ってください」

「――あっ」

足がもつれたのか、ずでんと転んだ。実際に音が聞こえたわけではないけれど、七十キロはありそうなその体が転ぶさまは、「ずでん」という音がよく似合うようだった。転ぶ幽霊など、夕雨子は初めて見た。

「大丈夫ですか？」

「――あっ。あの、私。……死んだんですか、私」

重そうな体で立ち上がり、彼女は訊いた。

「そういうことになります。お悔やみ申し上げます」

彼女は再びきょろきょろしはじめた。そして、あは、と笑った。

「――そうですか。人生。ああ。あは。あはは。そんなもんですか。人生。私の。ちょうどいいかも。これで死んで。あは」

「ショックをお受けでしょうけれど、少しお話を伺ってもいいですか。あなたのお名前は」

「――いいんですよ私なんかザコですから。殺人とかじゃないですから。事故ですよ。夜中の三時にコンビニに行って足滑らせて頭打ってご臨終。ザッツオールです」

妙な言葉遣い。卑屈な態度。何から何まで珍しい幽霊だ。

「ええと、まず、お名前とお住まいと……」

「――こんな人間いなくても平気で世の中回りますから。親とかにも言わなくていいです。お葬式もお墓も戒名も仏壇も何もいりません。お金かけるだけ無駄ですから。もう会いません、さよなリーヌ」

頬に右手を当て口をとがらせる不思議なしぐさをした。その顔が、雨の中で薄れてゆく。

「待ってください！」

呼び止めるも、もうそこに彼女の姿はなかった。こちらを見ている野島の背後に、黒い影がある。その影はすっと脇のコンクリートの壁に消えていった。やはりここは墓地だ。いろいろなものが漂っている。これ以上このままでいたら、頭痛と寒気で倒れてしまうかもしれない。

夕雨子は野島のもとへ行き、彼女自身が事故だと告げていることを伝え、ストールを受け取った。

2

遺体の身元は、財布の中にあった出版社への出入り許可証から判明した。村岡華《むらおかはな》、三十二歳。住所は倒れていた場所から徒歩一分ほどの《天海荘《てんかいそう》》というアパートだった。

部屋に入ると、本や雑誌、ゲーム、DVDなどで足の踏み場もないくらいだった。わずかに開けているのは万年床らしき敷布団《しきぶとん》。壁に向かうように座り机があり、その上に書きかけの漫画があった。

野島の睨んだとおり、彼女は「タピ岡まじょれ」というペンネームで活動する漫画家だった。十九歳でデビューした直後は少女漫画には珍しいギャグ仕立ての作風が話題となり、作中で登場人物が行う、頬に手を当てて口をとがらせる挨拶「さよなリーヌ」は、ファンの間で流行した。しかしながら時が経つにつれ人気は下火になっていき、最近ではウェブアプリの連載を一つ持っているだけだということだった。

誰かに恨みを買っているような様子もなく、事件前後の怪しい動きもなかったので事件性はないと判断された。

夜が明けて、午前八時。夕雨子は名古屋にある村岡の実家に電話をした。通話口に出た父親は驚くほどそっけなく、娘が亡くなったことを聞いても取り乱すことはまったくなかった。

「それで、私たちは何かしなければならないことがあるのか」

やけに事務的だった。遺体引き取りの日を二日後に調整すると、父親は同意し、こう言った。

「火葬は東京でできるのか」

「え……そういうのはそちらで調整していただくことになります。しかし、普通、お葬式は地元で行うものかと思いますが」

「家を捨てたような娘だ。葬式など挙げる必要もない」

村岡家は地元では名の知れた名家で、市議会議員や地元の医師会の会長も輩出しているほどだ。その家を捨てて漫画家などになった娘の葬式など出すだけ恥だ。そんなことを一方的にまくしたてると、火葬してくれる業者を見つけたらまた連絡すると吐き捨て、父親は電話を切った。夕雨子はお悔やみの言葉を言うこともできなかった。

――親とかにも言わなくていいです。お葬式もお墓も戒名も仏壇も何もいりません。

消える直前に村岡が言っていたその言葉が、夕雨子の中で寂しくこだました。それぞれの家の事情に警察のほうから深く首を突っ込むことなどできない。結局、一年に何十件か起こる不幸な事故の一つとして処理することしか、警察官の夕雨子にはできないのだった。

ところがその後、思いがけない形で、夕雨子と野島は再び村岡華に関わることになった。

村岡華の遺体が両親によって引き取られ火葬された、翌日のことだ。

「あーっ、やってらんない！」

夕雨子の隣で、野島が叫んだ。その日、中野署管内では目立った事件は起きておらず、刑事課の面々は報告書作りに没頭させられていた。事件の捜査と犯罪者の逮捕。世間一般の警察官のイメージとはそういうものだ。だが警察官といえども公務員。実際には外に出て犯罪事件を追う時間よりも、こうしてデスクに向かって書類を作っている時間のほうが多い。野島はこの書類作りという作業が苦手なのだった。

「大崎、パトロールに行こう」

「まだこんなにいっぱい、残ってるじゃないですか」

野島のデスクの上の書類を指さす。

「だめよ。こんな陰気な仕事」

「おめえさんは、本庁にいたんだろうがよ」

シンさんが笑った。

「本庁じゃ、もっと複雑で重要な案件の書類仕事をやってたんじゃねえのか」

「いつも別のやつに任せていたんですよ、ああ、イライラするわ」

「これでも食べて、がんばりましょう」

夕雨子は野島に〈とげぬき最中〉の包みを差し出した。家業である巣鴨の和菓子屋の看板商品だ。売れ残ったものを、夕雨子は毎日のように署へ持ってくる。同僚たちにも好評で、野島も例外ではない。

「ほら、こうして念じてとげを抜いたら、イライラも吹きとぶかもしれませんよ」

夕雨子は包み紙を解き、最中に刺さっている爪楊枝《つまようじ》を引き抜く。とげぬき地蔵になぞらえて、体の悪いところがとれるように念じながらこの爪楊枝を引き抜くというおまじないが、この最中を食べるときの愉《たの》しみだ。

野島は真剣な顔をして爪楊枝を抜く。そして一口かじり、咀嚼《そしゃく》した。

「少し、気分転換になりました？」

「ん？　……まあね」

険しい顔をしたまま、野島は正面のデスクに目を移す。ずんぐりした体型に天然パーマの早坂守が、真剣な顔をして紙にボールペンを走らせている。

「早坂さん、ずいぶん集中してますね」

「うん……」

野島は残りの最中をすっかり口に押し込んでしまうと、すっと椅子から立ち上がり、デスクを回り込んだ。集中している早坂の後ろに忍び寄り、その手元をのぞきこむ。そして、さっ、とその紙を抜き取った。

「あっ！」早坂が顔を上げる。

「見て大崎。こいつ、書類を作っているかと思ったら、漫画描いてるよ」

紙には、一人の刑事が泥棒を追いかけているシーンが描かれていた。追いかけている刑事の顔はデフォルメされているものの、誰だかすぐにわかるほど上手かった。

「その刑事、棚田さんですか？」

「やめろ、返せ！」

飛びつこうとする早坂を、野島はひらりとかわす。

「仕事中にこんなことをしているあんたが悪いんでしょ。うん、棚田によく似てる」

「何をしているんだ！」

当の棚田がやってきた。野島は「はい」と棚田にその紙を渡すと、さっさと自分の席に戻ってきた。棚田は早坂の漫画を見て、顔が赤くなっていく。

ああ、早坂さん、怒られるな。――電話が鳴ったのは、そのときだった。夕雨子は反射的に受話器を取った。

「はい。中野署刑事課です」

〈その声は、大崎さんですか。《グロリアス・ライフ》の浜川《はまかわ》ですけれども〉

なんとも陰気でねばっこいその声の主を、夕雨子は知っていた。

人が死んだとき、遺族にとって一番の問題となるのは、遺品の整理だ。たいていの人は、すぐにその膨大な量に愕然《がくぜん》とする。故人が一人暮らしをしていた場合などは特にそうだ。

《グロリアス・ライフ》は、そういった遺品を整理する業者だ。遺品整理には原則的に警察は関与しないものの、ごくたまに民間業者が処理できない危険物や、不法所持品などが見つかった場合、こうして連絡がくることがあるのだった。

〈先週お亡くなりになった村岡華さんのお宅に、今、伺《うかが》っているんですけれども〉

「漫画家の方ですね。何か、ありましたか？」

〈そうですねえ。ええ。ありました。こういったケースは、私、初めてですねえ……〉

まるで怪談話でもするかのようにぼそぼそしゃべるのが、浜川の特徴だ。

〈絵があるんですよ〉

「漫画家さんですから、絵はあるんじゃないですか？」

〈そうじゃなくて、あの、西洋画っていうんですか。ちょっと高い感じの、林の中の道を描いたもので、豪華な額にはまっていましてですね、私、気になったんで画像検索をかけてみたわけですね。そうしましたら、あるニュースのサイトにヒットしたんですね。それでやっぱり、警察に連絡しないとということになりまして、ええ……〉

「どういうことですか」

〈六月の事件だそうなんですけれどね、世田谷区にあるピアニストのお宅から、絵が盗まれたという事件があったそうで〉

たしかに、そんなことがあったと夕雨子は思い出していた。管轄外ではあるが、課内でも話題になったからだ。

〈ニュースサイトにはその絵の画像もあるんですけれど、これがまあ、今手元にある絵、そのものなんですね。落札価格三千万円っていうことですし、これが盗品ならまあ、やっぱり警察さんにお引き渡しする案件だと判断しまして〉

ちらりと野島を見ると、期待に目を輝かせ、「事件なの？」と音声ナシの唇だけで訊いてきた。夕雨子は今から行くと浜川に伝え、受話器を置いた。

3

《天海荘》は、見るからに古い二階建てのアパートだ。部屋数は一階と二階に二つずつ。赤い塗装のはげた集合ポストは壁から外れかかっているし、細い外階段は重量のある人間が乗ったら折れてしまいそうに頼りない。

軽トラックが一台停められており、青いつなぎを着た若い作業員が一人、荷台の整理をしている。そばにはこの寒いのにずいぶん薄着の老婆がいて、作業員に話しかけていた。

「あんた、この自転車もね。これもあの漫画家のものなんだから」

遺体発見後、顔を合わせていたので夕雨子は老婆のことを知っていた。このアパートの大家だ。

「ずいぶん新しい自転車ね」

挨拶より前に野島が言った。大家は振り返り、おや、という顔をした。

「刑事さんたちじゃないの。そうなのよ。六月だったかしら。突然ダイエットするって言ってこれを買ってきてね。中野通りをずーっと南のほうに行って、代々木上原《よよぎうえはら》まで往復してたっていうのよ」

「ずいぶん距離がありますね」

調子を合わせるように作業員が言った。

「昔、着物の着付けを習っていた先生が住んでいたから私も知ってるんだけど、代々木上原の駅の近くに公園があるじゃない。そこで軽くストレッチをして、また戻ってくるんですって」

「へえ、そりゃ大変だ」

「私も応援してて、ここに置かせといたんだけど、一週間くらい乗ってすぐ飽きちゃったんじゃないかしら。もったいないわよねえ」

「まあ、これはわりといい値がつくでしょうね」

作業員はそう言いながら、自転車を軽トラックの荷台に積み込む。

浜川は部屋の中にいるということだったので、夕雨子は野島と共に一階の、奥の部屋に向かい、開け放たれたドアから中を覗いた。

黄色い畳のその部屋の中央に、浜川はたたずんでいた。髪の毛は薄く、手足は針金のように細く長い。背筋は伸びているのにどことなく姿勢の悪さを感じさせる。浜川さん、と声をかけると、彼は二人のほうを向いた。

「ああ、どうぞ。私の部屋ではないですけれども」

荷物はほとんど運び出されてしまっており、がらんとしていた。

「浜川さん、こちらは新しく私の上司になった野島です」

「どうも」

ひょこりと野島に頭を下げると浜川は再び、両手を胸のあたりに挙げて、部屋の中をゆっくりと見回した。

「ご遺品を運び出してしまった部屋のこの雰囲気は、いつも私を切なくさせますよ。

まだお部屋の主さんがすぐ近くにいるような気がしましてね」

「そうですね」

夕雨子は答えたが、実際には村岡がもうこの部屋にいないことは、寒気を感じないのでよくわかっている。

「しかし、今回の遺族の方はひどいものです。電話をかけてきたのは故人様のお母さまでしたが、『村岡家を捨てた人間の遺品などに価値はありません。漫画を描く道具など、見たくもないから全部燃やしてください』。そんなことを言って、立ち会いもしないのです」

先日のやるせなさが、夕雨子の中でさらに大きくなっていった。

「あれが、例の絵？」

夕雨子の気持ちなどどこ吹く風、野島は、押し入れの近くの壁を指さしていた。板状のものが包まれた包装紙が立てかけてあった。

「ええ、そうです。どうぞ」

野島は手袋をはめると、包装紙をはがした。額縁にはまった風景画が出てきた。

スマホを取り出し、ニュースサイトの盗品の絵の画像と見比べる。森の中に続く小《こ》径《みち》。淡い色の空。――その絵は、六月二十八日未明に世田谷区代田《だいた》の宝条靖之《ほうじょうやすゆき》邸から盗難された絵画、『ラヴールの小径』だった。宝条の妻、千鶴子《ちづこ》は有名なピアニストであり、その家に泥棒が入ったことで話題になっていた。

「本物ですよね？」

「まあ九分九厘本物ね。はい」

野島は夕雨子のほうに絵を差し出してくる。夕雨子も慌てて手袋をはめ、それを受け取った。三千万円の絵なんて初めて見る。手が震えてきた。

「なんだか、緊張しますよ。三千万円の絵なんて」

「三千万円の美術品を盗むなんて、怪盗ルパンのすることよね」

「真面目に考えてください」

「大真面目よ」

野島はもう絵には見向きもせず、額を包んでいた包装紙を珍しそうに観察している。白地に赤と黄色の花の絵がちりばめられた、何の変哲もないデザインだ。

「いくら三千万円の価値があっても、絵ほど換金しにくいものはない。オークションに出すにしても画商と取引するにしても、いずれは足がついちゃうから。いったいなんで、こんなもの盗んだのか」

「絵そのものに思い入れがあったんですよ。村岡さんは漫画家ですから」

「村岡が盗んだと思ってるの？　どうかな。階段で足を踏み外して頭を打つような運動不足のぽっちゃり漫画家が、人の家に忍び込んで絵を盗めるかな。ねえ、浜川さんは、どう思う？　この部屋の住人が、どうしてもこの絵をほしかったように思える？」

野島は突然、初対面の浜川のほうに話を振った。

「思いませんね」

浜川は即答した。

「好きな絵なら、壁に飾っておくでしょう。でもその絵は、そうやって大事に包まれて、押し入れの中にしまってありましたから」

「盗んだ絵だから、この部屋を訪れた人に見られたくなかったのかもしれないじゃないですか」

夕雨子は反対意見を言ってみたが、浜川はゆるゆると首を横に振った。

「仕事スペース以外は足の踏み場もないくらい散らかっていました。他人を招き入れるような部屋ではありません」

その光景を知っている夕雨子にとって、これ以上説得力のある見解はなかった。ふっと野島が笑った。

「ありがとう浜川さん。まあ、あとは北沢署の刑事の到着を待ちましょう。盗難事件のことも詳しく聞きたいしね」

北沢署の刑事たちがやってきたのは、それから十分もしないうちだった。

4

村岡のアパートから徒歩五分ほどの、ファミリーレストラン。窓際の四人席の片側に、夕雨子は野島と隣合わせで座っている。二人の前にいるのは、北沢署から来た刑事だった。背の低い年上のほうが竹下《たけした》。体の大きいほうが飯出《いいで》という名だ。

「事件があったのは、六月二十八日の未明のことでした」

コーヒーにスティック一本分の砂糖を入れると、かき回しながら竹下は話しはじめた。

「その夜、二時すぎ、靖之氏の一人娘で小学校六年生の愛乃《あいの》ちゃんが、怪しい物音を聞いて目を覚ましたそうです。愛乃ちゃんの部屋は二階にありますが、廊下に出て、音のする一階のリビングに下りてみると、全身黒ずくめの男が突き当たりの壁にかけられている『ラヴールの小径』を外すところだったそうです」

誰？　愛乃が訊ねると、男は振り返って「声を出したら殺すぞ」と低い声で告げた。フルフェイスのヘルメットを被《かぶ》っていたので顔は見えなかったという。

声を聞いたのなら男だというのは確実だ。村岡ではない。そんなことを考える夕雨子の前で、竹下は続けた。

「震え上がる愛乃ちゃんの前で男は絵を袋に詰め、ゆうゆうとガラス戸を開けて出ていったそうです。しばらくして愛乃ちゃんは我に返り、寝室に駆け込んで父親である靖之氏を起こしました。それで、靖之氏が通報して、私と飯出が駆け付けたわけです」

横で、アイスカフェオレをすすりながら飯出がうなずいた。竹下は続ける。

「犯人は塀をよじ登って敷地《しきち》内に入り、庭に面したガラス戸をガラス切りで切って邸内に侵入したものと思われます。また、裏口に設置されていた監視カメラに犯人らしき人物がバイクで逃走するところが映されていたのですが、フルフェイスマスクで顔は判別できず、ナンバープレートは外されていました。コンビニなどの監視カメラをチェックして追跡したところ、バイクは環七《かんなな》通りを南下し、目黒区を通り過ぎて大田区に入ったところで右折し、中原街道に入りました。ところが洗足池《せんぞくいけ》公園を過ぎたあたりで姿を消してしまったんです」

そのあたりにバイクを乗り捨てたのではないか。そう判断し、管轄署の協力を仰いで洗足池公園周辺の捜索をしたが、バイクは見つからなかったという。

「ちょっと、気になるところがあるんだけど」

野島が口をはさんだ。

「絵が盗まれた宝条家には当然、セキュリティシステムはあったんでしょ？　塀をよじ登ったり、ガラス切りでガラス戸を開けられたりしたら作動して、すぐに警備員が駆け付けるはずじゃない？」

「鋭いですね。たしかにセキュリティシステムはありました。ですが事件当夜、解除されていたんです。普段、システムを解除することはないそうですが、装置は家の中にあって、操作方法はすぐ脇に書いてあるので誰でも可能でした」

「ということは……家に出入りしている人間の中に犯人か、その協力者がいた？」

「私たちもそう考えました。事件当夜、ピアニストの千鶴子さんは札幌《さっぽろ》でコンサートがあり、不在でした。家にいたのは三人。宝条靖之さんと娘の愛乃ちゃん、長谷部《はせべ》という住み込みの家政婦です。それに加え、セキュリティシステムのスイッチの位置を知っていたのは、出入りの造園技師の橋本《はしもと》、千鶴子さんのマネージャーの龍田《たつた》です。少なくとも事件が起こる前一ヵ月は、他に家に出入りした人間はいませんでした」

「聴取の結果は？」

竹下は暗い顔をして首を横に振る。

「誰がスイッチを切ったのかはわかりませんでした。全員が自分ではないと否定しますし、スイッチに指紋も残されていません。ただ動機の点から考えれば、持ち主である靖之氏と愛乃ちゃんはシロと考えていいでしょう。マネージャーの龍田は金銭的に困ってはおらず、事件当夜は千鶴子さんについて札幌にいましたから犯行は不可能です。家政婦の長谷部と造園技師の橋本は二人ともローンの返済がありますが、困っているという状況ではありませんでした。聴取の受け答えも礼儀正しく、どうも決め手に欠けます」

「なるほどね。だいたいわかったわ」

野島はうんうんとうなずき、コーヒーカップを口に運ぶ。

「私たちは絵を靖之氏に確認し、本物と判断され次第、お返ししようと思います。それから事件関係者をもう一度あたり、村岡華とのつながりを探ってみます」

念のために村岡華の部屋にあった物は調査のために北沢署に運ぶよう、浜川には手配してもらってある。

「オーケー。じゃあ私たちは、村岡のほうからいろいろ調べるわ」

「よろしくお願いします。何かありましたら、いつでも遠慮なくお電話ください」

竹下はそういうと、飯出を促して立ち上がり、伝票を持って出ていった。結局、飯出はアイスカフェオレを飲み干しただけで何もしゃべらなかった。

野島は二人を見送り、コーヒーに口をつける。どことなく優雅ささえ感じさせるその姿に、夕雨子は不安でいっぱいだった。

「犯人はバイクで環七を目黒方面に逃走したと言っていましたよね。中野とは真逆の方向です。どうして、そっちに運ばれた絵が村岡さんの部屋に」

「難しく考えないの」

野島はコーヒーカップを置くと、右手を夕雨子の首のストールに伸ばしてくいっと引っ張った。

「とりあえず、本人に訊いてみよう」

「もう、成仏してしまったかもしれませんし」

「卑屈な性格なんでしょ。まだいるわよ」

事件当日、村岡と話したときのことは野島に伝えてある。幽霊っていってもやっぱり人間ねと野島は言っていた。

「上手くいきゃ、それで事件は解決。私の有能ぶりが、人づてに本庁に伝わる」

野島はにやりと笑った。

少し前にミスを犯して本庁から中野署に飛ばされてきた彼女は、どうしても自分の手で逮捕したい犯人の事件を追うため、本庁に戻りたがっている。夕雨子の能力を利用して功績を得て、それを本庁に戻る足掛かりにしようとしているのだ。

「さあ、行くわよ」

コーヒーを飲み干すと、野島は強引に夕雨子の手を取った。

5

昼間来ても陰鬱な階段だった。村岡の遺体の周囲をなぞっていた白い枠はすっかり取り除かれているが、事故の噂《うわさ》が広まっていると見え、人通りは皆無だった。

夕雨子は階段の中ほど、街灯の下で立ち止まる。肩から背中にかけて、おぞましい寒気に包みこまれた。

「まだ、いるのね？」

夕雨子の表情を、野島は読み取ったようだった。無言でうなずき、おそるおそるストールを外す。

村岡華は、夕雨子の立っている位置から二段下に腰かけていた。ずんぐりした体の、丸まった背中がなんとも寂しげだった。

「村岡さん」

話しかけるが、反応がない。

「タピ岡まじょれさん」

ペンネームを口にしたとたん、彼女ははっとして背筋を伸ばした。夕雨子は彼女と目線の高さを近づけるべく、二段下りてしゃがんだ。

「先日は、どうも失礼しました。中野署の大崎です」

「――えっ、あ、ああ。おはベッツィーです」

やっぱり挨拶が独特だ。

「ご存知とは思いますが、ご遺骨は、お母さまが引き取られていきました」

「――えっ。知らないです」

「ご存じなかったんですか。もう……火葬も済まされたようです」

「――あは。燃えちゃったんだ、私」

その笑顔に、夕雨子はぞっとした。

「――せいせいです。嫌だったんです、自分の顔。体。性格の暗さ。頭の悪さ。こもって飯食って漫画描いてゲームして、ブスに磨きがかかりました。目も当てられないくらいの肉塊。ここ数ヵ月、自分の顔なんて見てなかったですし。肉塊。鏡、割れたら困りますし。久しぶりに見た自分の姿が、死体だなんて笑えますよホント」

一度は伸ばした背中を再び丸め、彼女はくっくっくと笑い続けている。

「――無様。なんでもなかった私の人生。親に勘当されてまで上京して漫画家になったのに、豚になってさよなリーヌ。あんな自分、見てらんなかったです。だから燃えてしまってせいせいです。豚だからローストって言ったほうがいいですか」

「そんなこと、言うものじゃないですよ」

村岡は夕雨子を睨みつけた。こめかみに針を突き立てられたような痛みが走る。

「――刑事さんかわいいもん。粘土細工の失敗顔とか言われたことないでしょ。親に夢を否定されたこともないでしょ。なんでそんなかわいい顔の人が担当なんですか。霊感があるのって、注目されたいブスって相場が決まってるじゃないですか。せめて私と同じくらいのブスを寄こしてくださいよ」

ここまで卑屈な霊と、夕雨子は初めて会った。なんと切り出していいか、わからない。

「大崎、何やってんのよ、早く絵のことを訊きなさい」

野島が後ろからせっついてくる。

「すみません村岡さん、いえ、タピ岡さん。一つお訊ねしたいことがあるんです」

夕雨子への敵意を持ったままの村岡に、夕雨子はおそるおそる訊ねた。

「『ラヴールの小径』についてなんですけど」

「――なんですか、それ」

「お宅の、お部屋の押し入れの中にしまってあった絵画です」

村岡は少し考えたが、あは、とまた笑った。

「――あの絵、そういうタイトルなんですか」

「調べたら、世田谷区代田のピアニストの家から盗まれたものだとわかりました。目撃証言から盗んだのは男性だということが判明していますが、いったいどうして、あなたの部屋にあるんですか」

「――ああそうですか、それが知りたいんだ。なるほどなあ、警察の方ですもんねえ、なるほどなあ」

村岡はひとしきり楽しそうに笑ったあとで、残酷な表情を浮かべた。

「――教えてあげない」

「そんなこと言わずに、教えてもらえませんか？」

「――どうしても知りたいですか」

「お願いします」

「――じゃあ、条件があります」

嫌な予感がした。

「――『わたげホーダイ』に連載している『華麗ならぬ一族』。最終回の締切、明日なんですよ」

「はあ……」

「――それ完成させて、香林社《こうりんしゃ》の荒巻《あらまき》っていう編集者に持っていってもらえます？」

「えっ？」

夕雨子は思わず、野島のほうを見た。普段はなんとなく夕雨子と霊との会話の内容を察する野島も、今回ばかりはわからないらしく、「なんか変なことを言ってる？」と眉をひそめる。夕雨子は村岡が言ったことを頭の中で反芻《はんすう》し、彼女に訊ねた。

「それはつまり、漫画を描けということですか？」

「――そう言ってるじゃないですか。私だってプロです。最終回直前に死んじゃったらそりゃ未練タラリーヌっすよ。締め切りだけが人生です。そういうギャグみたいな人生なんですよ漫画家って」

あは。あはあは。おかしそうに笑い、村岡は夕雨子の眼前二センチメートルに顔を近づけてきた。

「――安心してください。あとはもう、仕上げだけですから」

6

北沢署に足を運ぶと、会議室にブルーシートが敷かれ、村岡華の部屋から運ばれてきた荷物が並べられていた。三人の刑事が仕分けして段ボールに箱詰めしているところだった。

「飯出さん」

野島が声をかけると、彼はのっぺりした顔を上げた。

「ああ、どうも。竹下は今、デスクに戻っていますが」

「いいの。ちょっと捜査上必要なものが出てきたから、取りに来たの」

「漫画のネーム……下書きなんですけど」

野島に続き、夕雨子は言った。

「机周りにあった漫画関係の紙類は、さっき一つにまとめちゃったんですよね。その箱です」

夕雨子は野島と共に、飯出の指さした箱の中を調べる。紙類と、封筒類がざっと三、四キロぶん入っていた。

「──その緑色の封筒です」

村岡の指示した封筒を夕雨子は引っ張り出した。

「──必要なものもあるんで、そっちの道具箱も持っていきましょう」

「飯出さん、こっちの道具箱もお借りしていいでしょうか」

「えっ。それも必要なんですか？　漫画を描くわけでもないでしょうに」

漫画を描かなきゃいけないんです。心の中で答えたそのとき、

「おや、中野署のお二人じゃないですか」

竹下がやってきた。青い包装紙を抱えている。

「宝条靖之氏と連絡が取れまして、今からお宅に伺おうと思っているんです」

「本当に？　一緒に行っても？」

すぐに、野島が反応した。

「ええ、もちろん、結構ですが」

「行くんですか野島さん？」

「現場で見えてくる真実があるかもしれないでしょ」

夕雨子は声を潜めた。

「早々に漫画を描きはじめたほうがいいんじゃないですか。時間かかりそうですし」

「私は描かないわよ。絵、下手くそだもの」

「ええ？　私一人でやるんですか？」

「あの、どうかしましたか？」

竹下が怪訝《けげん》そうに訊いてくる。

「すみません、こっちの話です……」

結局夕雨子は、荷物の入った段ボール箱をトランクに詰め、竹下の運転する車の後を追うことになった。

7

三メートルほどの高さの白い塀に囲まれた、立派な屋敷《やしき》だった。

塀の上部には鋭利な忍び返しがついていて、脚立を使えばよじ登れないことはないだろうが、あれを乗り越えるのは相当の運動神経が必要だろう。正面の門は堅固な金属の作りで、監視カメラがこちらに向けられている。その扉が開いて、高級そうなジャケットを着た四十代の男性が出迎えた。

「宝条靖之です。どうぞこちらへ」

リビングに通される。黒い革張りのソファー。七十五インチはありそうなテレビに、高級オーディオ。マントルピースの上には、写真立てが三つ置かれている。すべて、ドレス姿の女性の姿だ。きっとあれが、ピアニストの宝条千鶴子なのだろう。

「早速ですが、こちらです」

竹下は、紙袋から絵を取り出し、包装紙を外した。宝条は手に取って絵を眺め、額縁を裏返した。

「間違いありません。……いや、正直に申し上げて、精巧なレプリカなのだと言われても私に真贋《しんがん》は判断しかねます。しかし額縁の裏のこの傷。これは、盗まれる前からありました」

　額縁の裏にはたしかに、英字の「Y」に似た特徴的な傷がついていた。

「明日、鑑定士が来る手はずは整えました。これはもう、飾っても？」

「ええ、どうぞ」

　竹下が答えると、宝条はソファーから立ち上がり、壁に絵をかけた。オフホワイトの壁紙に、ぴったり合った絵だった。宝条は壁から少し離れ、顎に手を当てて鑑賞しはじめた。

「よかった。戻ってきて」

「お好きな画家なんですか」

　突然、野島が訊ねた。宝条は野島を振り返り、不審そうな目でしばらく見ていたが、「いえ」と答えた。

「私は、輸入楽器の会社をやっていますから音楽のことに関しては人に話せる知識を一通り持ち合わせていますが、絵画に関してはこれっぽっちも知りません」

「では、どうしてこんなに高い絵を購入したのですか？」

「妻のためですよ」宝条は、マントルピースの上の写真を見やる。「彼女は名の知れたピアニストですから、ときどきこの家に人を招いて曲を披露することがあるんですよ。あるとき、彼女の友人の一人がうちのリビングについて、『絵の一つでもあればいいのに』と言ったことがありました。妻はそういうのに敏感でしてね、客人を帰したあとで私にせがんだんです」

「奥さんのわがままと、客に対する体裁というわけですね」

あまりにはっきりした物言いに、宝条はむっとしたようだった。夕雨子は注意しようとしたが、それより早く、野島は次の質問を継いだ。

「タピ岡まじょれという漫画家を知ってます？」

「はい？」

宝条は、意味がわからないという顔で訊き返す。

「タピ岡まじょれ。その絵は、中野区内に住んでいた彼女の部屋から見つかったのです」

「ああ、そういえば先ほどそんな話を電話で伺いました。まったく心当たりのないことです。漫画家に知り合いなどいません」

「そうですか。事件当夜、犯人が侵入し、絵を盗んで逃走した経路を見せていただいてもいいですか」

次から次へと新しいことを言う野島に、宝条は難色を示した。

「それは、事件が起きた夜に北沢署の方々が確認してくださったはずだが」

「もう一度、見たいんです。警察としては、絵が見つかったからといって犯人を放ってはおけませんから。なぜその絵がうちの管内の漫画家の家で見つかったのかという謎も解決しなければなりません」

野島をじろじろと見ていた宝条だが、やがて「どうぞこちらへ」と、案内に立った。フルフェイスの男が侵入したというガラス戸は、ソファーから五メートルほど離れた位置にあった。もちろんガラスは新しいものに替えられている。

「クレセント錠の周囲が、半径十センチほどの半円で切り取られていましたね」

竹下が説明しながら、その円を描いた。

野島はガラス戸を背にして立ち、リビングを見回す。そしてすぐに、宝条のほうを向いた。

「犯人が逃走したという裏口も見せてもらえます？」

「どうぞ」

一同は一度玄関に足を運んで靴を履き、庭に出た。リビングに通じるガラス戸の前を通り過ぎ、屋敷の右側に向かう。塀と建物の間にコンクリート製の踏み石が続いており、その突き当たりが裏口だった。重そうな金属製の扉で、サムターン錠と太い閂《かんぬき》錠があった。竹下がその閂に手を載せた。

「普段は施錠され、閂もこのようにかけられているそうです。しかし事件当夜、私たちが駆け付けたときには閂が外され、錠も開いていました。おそらくは、協力者が前もって施錠を解いておいたのかと」

「ふーん」

野島は門を外し、施錠を解く。重い音がして扉はこちらに開かれた。隙間から出ていく野島に夕雨子も続く。屋敷の裏手は、車が一台やっと通れるくらいの細い道だった。野島は宝条邸に向かって左方向に視線をやった。百メートルほど向こうに大通りがあり、スピードの速い自動車が通り過ぎるのが見える。

「環七《かんなな》通りです」

再び、竹下が言った。

「犯人はあそこを左折し、目黒区方面へ向かっていきました。監視カメラでその姿が大田区まで追跡できたことは、言いましたね」

「なんで、あっち方面に逃げたんだろう」

「はい？」

野島は環七通りとは反対方面を向いた。細い道が住宅街の中に続いている。

「こっちから逃げたら、環七の監視カメラに追跡されなかったのに。セキュリティシステムに気を使ったはずの犯人が、環七に監視カメラがたくさん設置されているのに気づかなかったのかしら」

「気づかなかったんじゃないでしょうか。それにこちらの道は入り組んでいます。環七をすっ飛ばしたほうが早く逃走できると思ったのでは？」

　野島は納得いかないような顔をして邸内に入る。竹下に続き、夕雨子も中へ戻った。

「どうでしたか、何かありましたか」

　庭で待っていた宝条が訊ねた。

「いえ、特には」

「結局進展はなしということですか。それで、まだ、何か？」

「他の関係者にお話を伺いたいんですが」

　宝条は顔をしかめた。

「いい加減にしてください。絵が返ってきたのだから、私としてはもういいのです」

「警察としてはそうはいかないんですよ。犯人はまた罪を犯すかもしれない」

　そのとき、正面の門のほうから、誰かが庭を横切ってくるのが見えた。白いブラウスと、茶色いスカートを着た、女の子だった。

「娘の愛乃です」

「こんにちは」

　夕雨子たちを認めると、彼女は立ち止まり、不安げな顔をしてお辞儀をした。背中に背負われているのが普通のランドセルではないことに、夕雨子はそこで気づいた。

厚みはないが横幅が広い。黒いカバンに背負いベルトをつけた、変わったデザインの入れ物だ。私立の学校の指定のものなのだろう。

何かあったのか。口には出さず、彼女は父親の顔を見た。

「警察の方々だ。絵が返ってきたんだ」

「えっ？」

宝条の言葉に、愛乃は意外そうな顔をしたが、すぐに「よかったね」と言った。

「愛乃さんに、事件当夜のことを伺いたいのですが、いいですか？」

すかさず、野島が口を挟む。

「事件の日も話したでしょう。この子は怖い思いをしたんだ。勘弁してやってください」

難色を示す宝条靖之を、野島は強引に言いくるめた。

＊

愛乃の部屋は二階の奥の突き当たりだった。夕雨子の実家の居間よりも広い洋間で、ベッドも机も高級そうだった。白いシンプルなつくりの本棚には参考書と、ピアノの教則本がずらりと並び、その横には高価そうなアップライトピアノが置いてある。

「……それで、ドアを開けて外へ出て、下へ降りていったんです」

愛乃は事件当夜のことを思い出しながら一生懸命話している。

「そしたら、ヘルメットをかぶった黒い人がいて、絵を外してて……、私のほうを振り返って……」

夕雨子はメモを取りながらしっかり聞いているが、野島はふらふらと部屋中を見て回りながら、壁を平手でどんどんと叩いたりしている。

「野島さん、何をやってるんですか」

夕雨子はたまりかね、愛乃の話を中断させて注意した。

「頑丈なつくりの壁だなと思って。防音かな？」

「そうです」愛乃は答えた。「私、ピアノの練習をするから。同じ時に下のピアノでお母さんも弾くことがあって。同じ時間に弾いていたら、邪魔になります」

「なるほどね。愛乃ちゃんも、プロを目指しているの？」

「お父さんもお母さんもそうしろと言いますけど、私には向いていないような気がします」

愛乃はうつむいた。

「でも、うちはお母さんの言うことが絶対だから……」

「ふーん」

野島はたいして興味もなさそうだった。暗い表情の愛乃ちゃんがかわいそうになり、夕雨子は話題を変えようと考えた。

「珍しい形のランドセルだよね。学校の指定なの？」

愛乃は顔を上げた。

「そうです。本当は公立の学校に行きたかったけど、音楽の勉強に力を入れているからって、お母さんに勧められて」

また、母親のことに戻ってしまった。

「でも、通っているうちに今の学校も楽しくなってきました。小田急線に乗るのも慣れたし」

「小田急線、使ってるのね」

どうでもいいところに、野島はいちいち引っかかる。そんな彼女は、ベランダのほうを見ていた。ガラス戸の内側にベニヤ板が敷かれ、鉢植えが並んでいる。青とピンクの可愛らしい花だった。

「綺麗《きれい》なお花だね」

夕雨子は言った。

「音楽を聞かせると綺麗に咲くって聞いたことがあるけれど」

「セントポーリアです。音楽は関係なくって、ちゃんと世話をしてますから。明るいところが好きなんですけど、直射日光は苦手だから時間によって移動させなきゃいけないんです。学校に行っている間は、長谷部さんにお願いしています」

愛乃は急に明るく、おしゃべりになった。

「他にも、葉っぱに水をあてると嫌がるから水やりにも気をつけなきゃいけなくって。冬のお花はお世話が大変なんです」

「お花、好きなんだね」

夕雨子はほっとすると同時に、感心した。

「はい。実は今のは全部、橋本さんに教えてもらったんですけど」

「橋本さんって、たしか出入りの造園技師の」

「そうです。植木が専門らしいんですけど、お花にもすっごい詳しいんですよ。だから影響されて育てるようになりました。もっとほしい鉢植えがあるんですけど、お小遣いが足りないんです」

「自分で買ってくるんだね」

愛乃はうなずき、「私も本当はそういうお仕事したくって、橋本さんもそうすればいいって言ってくれるんですけど」と、また顔を伏せてしまった。

「一度、お父さんに言ったら、怒られました。お前は音楽家になるんだって。お母さんもお前との親子コンサートを楽しみにしているって。お父さんもお母さんも、私の将来を勝手に決めちゃって……」

どうしても重い沈黙になってしまう。

と、野島がドアを開いた。

「ちょっと、お手洗いを借りるわね」

「あ、はい……」

廊下に出てドアを閉めていってしまう。愛乃はぽかんとしてそれを見送る。落ち着きのない大人だとでも思っているだろうか。

「気にしないで。いつもああいう人なの」

夕雨子は気を取り直し、事件当夜の聴取の続きをした。

三分ほどして野島が帰ってきた。

「どうだった？」

ドアを開けるなり彼女はそう訊ねた。聴取のことだろうと夕雨子は解釈した。

「竹下さんに聞いたのとほぼ同じです」

なぜか野島はその答えに「思ったとおり」とにっこり笑う。

「大崎、もう帰りましょう」

「えっ、いいんですか？」

「知りたい情報は全部得られたから」

8

午後八時をすぎていた。

夕雨子は、巣鴨の和菓子屋の二階にある自分の部屋で机に向かっている。学生時代以来使っていなかったので、ほぼ物置として使われていたこの机は、まず片付けるのに一苦労だった。押し入れにしまってあった電気スタンドを引っ張り出し、漫画の作業をしている。

村岡自身が言っていたように、原稿はほとんどできていた。夕雨子などはこれで完成でいいと思うのだけれど、服や飾り文字にスクリーントーンを貼るといういちばん面倒な作業が残っているということだった。

「——ああ、また！」

村岡が叫び、こめかみに痛みが走った。

「——またずれたじゃないですか、どうして言われたとおりにやらないんですか。ホント、イライラしますよ」

しょうがないじゃない、やったことないんだから……という文句は口に出さない。

「――もう、あの人に全部任せちゃってもいいです」

彼女は、夕雨子の背後を振り返った。

ベッドの脇の狭いスペースに、ビールケースを逆さにし、ベニヤ板を載せた臨時の座り机ができていた。そこで、真剣に漫画を描いているのは、早坂守だった。

午後五時すぎ、宝条家から中野署へ戻るなり、野島は早坂を捕まえて、取調室へと引きずり込んだ。

「あんた、漫画描くの得意よね？」

にやりと笑いながらそう訊ねる野島に、それがどうした、と早坂は答えた。

「その腕を見込んで頼みがあるのよ」

村岡華の部屋から見つかった三千万円の絵画について、村岡の両親は何か知っているらしい。娘が残した最後の原稿を完成させることができたら、その秘密について教えると彼らは言っている。――野島はぬけぬけとそんな嘘をついた。

「私は別働で調べることがある。大崎だけだと不安だから、あんた、今夜、徹夜で大崎と一緒に漫画を完成させてくれない？」

そんなの別のプロに任せればいいだろうと言い返す早坂の表情が、まんざらでもなさそうなことには、夕雨子も気づいた。結局彼は、一度帰宅して自分の道具を持ち、夕雨子の家まで来たのだ。

「――この人、ホント上手ですよ。警察官にしとくの、もったいないですよ」

村岡はいつしか、早坂の後ろに回り込んでその手つきを眺めている。たしかにまるでプロのような手つきでやすやすとトーンを貼り付けていく。大したものだ……と思っていたら、早坂は顔を上げてぶるっと震えた。

「おい、この部屋寒いぞ。ちゃんと暖房入れてんのか」

「入れてますよ」

夕雨子の〝力〟のことは、署内では野島しか知らない。村岡の文句に口答えをしないのも、早坂に気づかれないためだった。

両腕をさする早坂。自分のせいだということを察した様子で、村岡は天井付近まで浮き上がった。

「それにしても、この漫画家、最期にずいぶん作風変えたよな」

「早坂さん、知ってるんですか、タピ岡まじょれ」

「ああ。初めはなんとなく聞いたことがあるなあと思ってたんだけど、さっき家に帰ったときにようやく思い出したんだ。デビュー作、『毒飲《どくの》みバッド・ペアレンツ』だろ。すげえシュールなギャグ漫画だったよ」

両親に愛されずに育った少女が、ある日、殺人ロボットに生まれ変わってしまう。少女は自分を痛めつけてきた両親に復讐《ふくしゅう》を誓い、ひどい目に遭わせようとするのだが、強烈な悪運の持ち主である両親はいつも危機を回避し、少女のほうが毎回ひどい目に遭ってしまうという内容なのだそうだ。

「その後も、こいつはとにかく、親に理解されない少女の苦悩と復讐心をシュールギャグ満載で描いてきたんだ。虐待を受けて育った犬・サル・キジを引き連れて親ヶ島に親退治に行く『恵まれなくても桃太郎』なんて、その最たるものだぜ。……でもこの『華麗ならぬ一族』はどうだ。ギャグは一切なし。画風も真面目だし、ストーリーの軸もちゃんとしている」

最終話を代筆するのだからと、夕雨子も香林社の漫画アプリ「わたげホーダイ」でバックナンバーをすべて読んでいた。

主人公の菊川《きくかわ》なつは大会社を経営する財閥の一族に生まれたが、子どもの頃から庶民を見下す家族たちになじめずに育った。両親の望む大学に進学したものの、充実しない毎日を過ごしていたなつは、あるダンスのステージを見てその虜になり、入団する。娘がダンスをしていることを知った一族は反対し、財閥の名を使ってあの手この手で邪魔をしようとするが、なつの才能や支援者の知恵でそのピンチをことごとく切り抜ける。やがてなつは世界でも認められるダンサーになっていき、一方、一族の経営する大会社は世界的な不況のあおりで経営が傾いていくのだった。

村岡が自分と両親の関係をベースにストーリーを組んだことは想像に難くない。大会社の転落の描写には、実際の両親への恨みすら感じられた。

「なんでこんな漫画を描こうと思ったのか。ギャグが売れなくなって、売れ筋に合わせようとしたのかもな」

「──なんとでも言ってください」

浮いたままの村岡はそう漏らした。

「夕雨子ー、お客さんよー」

階下から、母親の呼ぶ声がした。階段を上ってくる足音がする。野島がやっときたと思い、ドアを開けた。

「遅いですよ。……えっ」

そこに立っていたのは野島ではなく、警察学校の同期、三田村剛だった。

「よっ」

「三田村くん。どうして？」

「渡したいものがあるって言っただろ。……ん？」

床に座って漫画を描き続けている早坂の姿を、三田村は見ていた。

「誰？」

変に勘違いされてはいけないと、夕雨子はとっさに思った。

「あの、この人は、中野署の早坂さんで。これは捜査の一環で」

「あ、ああ、そうなんだ。こんばんは、戸塚警察署の三田村です」

三田村は戸惑いながら挨拶をした。早坂は何も言わず、愛想悪くうなずいたあとでまた作業を続ける。

「三田村くん、ところで何をしに？」

「ああ、これを渡しに来たんだ」

感情をごまかすように三田村は夕雨子にA４サイズの封筒を押し付けてきた。中を覗くと、書類が百枚ほど。新聞の切り抜きも見える。

「『榛葉《しんば》山女子小学生失踪事件』の資料」

「えっ？」

「この夏、群馬県で起こったある殺人事件の被疑者が、うちの管内に潜んでいたことがあってな」

捜査に協力した三田村は群馬にも足しげく通うことになり、現地の刑事を通じて榛葉山女子小学生失踪事件の担当刑事と知り合うことができた。捜査協力の見返りとして、多くの資料を得ることができたというのだ。

「私とこの事件の関係について知ってるの？」

「何、言ってんだよ。警察学校で話してくれただろ？」

そういえば、どうして警察官を志したかという話を彼としたことがある。きっとそのとき、公佳《きみか》ちゃんのことを話したのだろう。

「外には漏れないようにしてくれよ。俺も群馬県警の友人も、上司には内緒でやったことなんだから」

夕雨子は早坂のほうを気にしたが、漫画に没頭してこちらの会話は聞こえていないようだった。と、そのとき——

「聞き捨てならないわね」

「わっ！」

ドアの陰から花束が差し出された。その向こうに、野島の顔がある。

「そういう重要資料を、勝手に持ち出し、管轄外の人間に与えるなんて」

言葉とは裏腹に、顔はにやけている。

「あ、あなたは……」

三田村は背筋を伸ばした。その肩を野島は叩き、部屋に入ってくる。

「気にしないで。誰にも言わない。刑事を長くやってれば、誰にだってこだわりたい事件に出合う」

「野島さん、その花束はなんですか？」

気恥ずかしさをごまかすべく、夕雨子はわざと話題を変えた。

「花屋に行ったら綺麗だったから買ってきたのよ。大崎にあげるわ。……あ、三田村くんから渡す？」

赤と黄色の花模様の包装紙に包まれた花束を三田村のほうに差し出す。三田村は「い、いえ……」と真っ赤な顔で両手を振り、

「まだ仕事が残っていますので失礼します」

言い残して、階段を下りていった。

「警察学校の同期か？」

その姿が消えるや否や、早坂が口を開いた。

「そうですけど」

「付き合ってるのか？」

「べ、別に、そんな関係じゃないです」

「何の用事か知らないが、家まで押しかけるなんてな。気をつけろよ。警察学校の同期の男にストーカー被害にあった女警官の話、聞いたことがあるぞ」

「あんたのほうがずっとストーカーっぽいわよ」

野島に肩を叩かれ、早坂は「ああ！」と叫んだ。浮いている村岡も「――ちょっと！」と怒鳴る。

「野島、せっかく切ったトーンがどこかに飛んでいったぞ」

「ごめんごめん。今夜中に仕上げてね」

軽い口調で言いながら花束をベッドの上に置くと、野島はコートを脱ぎながら夕雨子に小声で訊ねる。

「村岡、何か反応してない？」

夕雨子は村岡華のほうを見るが、心配そうに早坂の手元を見守っているだけだ。

「いや、何も」

「そう。じゃあ、気づいてないのか」

いったい何のことを言っているのか。それより、野島には訊きたいことが山ほどある。

「今まで、いったい何をやっていたんですか？」

「北沢署で、洗足池公園周囲の監視カメラ映像を見せてもらっていたのよ」

野島は当然のように答えた。

洗足池公園といえば、事件当夜、絵を盗んだバイクが消えたあたりだ。公園自体に監視カメラが設置されている箇所はないが、公園から東西南北に延びる道には、いたるところに監視カメラがあった。バイクがどの方向へ逃げたかはわからず、公園じゅうを探してもバイクは見つからなかったと竹下は言っていた。

「バイク、映っていたんですか？」

「映っているわけないでしょ。私が探していたのはバイクじゃなくて、トラック」

野島がにやりと笑った瞬間、夕雨子の背中に寒気が走る。野島の笑顔が理由ではなかった。さっきまでこちらを気にしていなかった村岡が、野島の顔を凝視している。もともと青い顔がさらに青ざめていた。トラックという言葉が契機だったようだ。

「トラックって何ですか？」

「バイク一台を消すにはどうしたらいいかと考えて、トラックに思い至ったのよ。犯人はあらかじめ公園近くのパーキングエリアにでもトラックを駐めておいた。代田の宝条家から環七を南下し、監視カメラのない洗足池公園にいったんバイクを止めた。次にその近くにトラックを持ってくる。そして荷台にバイクを倒した状態で載せ、ブルーシートか何かで隠し、どこかへ運び去る」

単純だけれど大胆なトリックだ。たしかにこの方法なら、バイクの行方も犯人の行方も、永遠にわからなくなる。

「でも、監視カメラには関係ないトラックがたくさん映っていたはずですよね。そのどれがバイクを運んだかなんてわかりますか？」

「それが、環七沿いの交番のカメラにばっちり映っていたのよ。バイクが消えてからわずか二十分後、世田谷方面に向かう《橋本造園》のトラックがね」

「――やば！」

村岡は、がくがくと震えはじめている。

「橋本……って、造園技師の！　村岡さんは橋本さんとグルで？」

「──やば。やばやば」

村岡は顔を覆い、消えていく。野島は漫画を描き続ける早坂を気にしながら、夕雨子に顔を近づけて声を潜めた。

「村岡の反応は？」

「消えてしまいました」

「やっぱり。竹下と飯出が橋本を任意で引っ張って話を聞きはじめている。事件当夜、偶然そこをトラックで通りがかっただけで、荷台にバイクなんて積んでいないって言い張っているらしいけれどね」

野島は言いながら、置いてあった花束を取った。夕雨子の前に、これ見よがしにそれを突きつける。手元のあたりだけを包んだ包装紙。

「あっ！」

夕雨子はようやく気づいた。赤と黄色の花の絵がちりばめられた──『ラヴールの小径』を包んでいた包装紙とまったく同じデザインだった。

「代々木上原の駅前の花屋よ」

捜査の過程のどこかで聞いた駅の名前だった。どこだったっけと思っていたら、

「何をこそこそしゃべってるんだ？」

早坂が文句を言う。

「お前らも、とっとと手伝え。今晩じゅうに終わらせなきゃいけないんだろ」

「そうそう。今やるべきは、この漫画を完成させること。さあ、続けて続けて」

野島は、夕雨子の背中を押し、机に向かわせる。およそ刑事らしくない漫画の作業が、再開した。

9

「――おきてください。おきてくださいって、ねえ」

耳元でささやかれる悲壮感あふれる声に、夕雨子ははっとした。床に寝ていた。村岡華の丸い顔がすぐ目の前にある。

「――何やってるんですか。朝イチで届けにいくって言ったじゃないですか。もう九時になっちゃいますよ」

身を起こし、ベッドを振り返ると、布団をかぶって野島がぐっすりと眠っていた。

「野島さん、時間です！　野島さん！」

漫画がすべて描きあがったのは午前五時をすぎたところだった。その頃には野島はすでに眠っていて、早坂はあくびをしながら「ちゃんと届けろよ」と言い残して帰っていった。八時に家を出れば間に合う。そう思って夕雨子は横になったのだった。

「ちょっと、もう八時半になるじゃないの！」

目が覚めるなり、野島は怒鳴った。二人してコートを羽織り、部屋を飛び出す。どたどたと二人で階段を下りていくと、食卓には二人分の朝ごはんが用意されており、和菓子屋の服に着替えた母がきょとんとした顔で二人を迎えた。

「お母さん、なんで起こしてくれなかったの？」

「何を言ってるのよ？　今日は休みなんでしょ」

「違うの、ああもう」

靴を履き、誰もいない店を通り抜けて表へ出た。

駅へ走り出そうとしたところで母に呼び止められた。振り返ると、とげぬき最中を両手に一つずつ持っている。

「二人とも！」

「朝ごはんも食べないで。せめて、これ、持っていきなさい」

野島と顔を見合わせたあとで、同時に最中を受け取り、走り出した。

都営三田線に乗り、神保町《じんぼうちょう》にある香林社の《月刊だんでらいおん》編集部についたのは、それから三十分後のことだった。書類の積まれたデスクがずらりと並び、土曜日だというのに朝から編集者たちが忙しそうに仕事をしていた。

応接室で十分ほど待つと、パーマをかけた細身の男性編集者が現れた。

「どうも、『わたげホーダイ』を担当しております、荒巻です」

自己紹介もそこそこに、夕雨子たちの前に腰かけ、「タピ岡先生の件ということですが……」と声を潜めるようにして訊ねた。

「はい。そうなんです。村岡さんが亡くなった件についてはご存知ですね？」

「ええもう、ここのところはその話でもちきりで。本当はちゃんとお別れを言いたかったのですけれど、ご両親に断られてしまいましてね。せめてお花だけでもと思ったのですが、これも強く拒まれてしまいました」

ばつの悪そうな顔をする。宙に浮いている村岡は自分の話だというのに無関心な様子だ。

「それで、今日はどうされたんですか？」

「昨日、業者が村岡さんのお部屋の遺品整理をしましたところ、これが出てきました。掲載に間に合えばと思って、お持ちしたんです」

「これはどうも、わざわざすみません」

夕雨子の差し出した封筒から荒巻は原稿を取り出し、眉をひそめて読みはじめた。話を作ったわけではないが、自分の描いた漫画を目の前で読まれるというのは、体験したことのない気恥ずかしさがあって、顔が熱くなった。

荒巻はちらりと夕雨子のほうを見て会釈代わりに顎を引いた。

「……せっかくなんですけれど、これを載せるかどうか。『タピ岡まじょれ先生は不慮の事故でお亡くなりになったため、連載も終了です』という但し書きを載せるということに会議で決まりました。それでいいのではないかと」

「でも、最終回を待っているファンの方もいらっしゃいますよね」

荒巻はぴくりと眉を上げ、応接室の扉のほうをちらりと確認するようなしぐさをしてから、さらに声を潜めた。

「タピ岡先生に、ファンなどいますかどうか」

「はい？」

「ウェブ連載というのは、作品ごとのアクセス数がはっきりわかるんですね。『華麗ならぬ一族』は、他の掲載作品に比べてアクセス数が異様に少ないんです。……デビューから面倒を見てきた羽沼《はぬま》という編集がいるんですが、その人が義理で載せていたようなものでしてね。その羽沼もこの秋で引退しました。亡くなった方にこういうことは言いたくないんですが、タピ岡先生は、うちの部署でのお荷物扱いでして」

「お荷物……」

夕雨子は思わず天井を見上げた。村岡は、雨に打たれているような無表情を続けている。

「だいたい、ウェブ連載だっていうのにいまだにアナログ作業で原稿を描いていましたしね。これだとアップするのにひと手間かかるんですよ」

「タピ岡まじょれっていう漫画家について、あなたはどこまで知っているの？」

野島が口を開いた。急な質問に、荒巻はどう答えたものかとしばらく思案していたが、

「羽沼に聞いた話では、名古屋の名家のお嬢さんだということでした」

そう答えた。

「親御さんに漫画家になることを反対され、勘当される形で上京してきたそうなんです。デビュー作の『毒飲みバッド・ペアレンツ』や、『恵まれなくても桃太郎』なんかは、私が読んでも面白いと思うんですが……だんだん親への反発というテーマがワンパターンになってきたような。最近ではタピ岡まじょれの名を覚えている人も少ないんじゃないでしょうかね。『華麗ならぬ一族』は、羽沼と相談して、ギャグを抑えた路線で行こうということになったそうですが、この最終回も……どうでしょうね。主人公の娘の生きざまに反発していた親が考えを改めるなんていう、予定調和的で明るいラストは、今までのタピ岡まじょれでは考えられないことです」

ふう、と荒巻は息をついた。

「一方的にまくしたててしまい、すみません。こちらの原稿はお預かりさせていただ

き、掲載するか否かは編集長と話し合いをさせていただきます。よろしいですか」

「はい、わかりました」

野島はやけに素直にうなずくと、自ら席を立った。夕雨子もそれに従った。

「なんだか、釈然としませんね」

ビルの出入り口に向かいながら、夕雨子は野島に言った。

「もう少し、優しい言い方があってもいいのに」

「──漫画の編集者なんてあんなもんです。特に、売れない漫画家に対しては」

夕雨子に肩を並べ、村岡が言った。

「いずれにせよ、約束は果たしました。絵のこと、教えてくれますね」

「──いやです」

きっぱりとした答え。夕雨子は立ち止まった。

「──最終回が掲載されないのは納得いきません。あは」

「約束が違うじゃないですか！　私がどれだけ苦労したのか、見てましたよね？」

「──私だって苦労しましたよ。下手くそなあなたに教えなきゃいけなかったから」

「いい加減にしてください！」

ふざけた態度の村岡に対して怒りが爆発してしまった。社員と思われる人々の視線が夕雨子に注がれる。

「無駄よ」野島は落ち着いたものだった。「彼女はもともと、真実を教えてくれる気なんてないんだから」

姿の見えない相手のことを、なんでも知っていると言わんばかりの自信だった。

「じゃあ、どうするんですか」

「教えてくれないなら、自力で解明するまで」

そして野島は、夕雨子の視線から感じ取ったであろう村岡の顔に指を突きつけた。

「ついてきなさい。今から、あなたの一番のファンのところへ行くわ」

10

宝条家には、北沢署の竹下と飯出がすでに駆け付けていた。リビングにいるのは他に、宝条靖之と娘の愛乃、家政婦の長谷部、そして造園技師の橋本がいる。ピアニストの千鶴子は今日も公演で朝から地方へ行っているというが、野島は別に気にしていない様子だった。

「どういうことなんですか。朝から」

宝条靖之は煩わしそうな顔だ。野島はそれには応えず、北沢署の二人を見る。

「どう？　白状した？」

「いいえ」

二人は苦々しそうに橋本を見る。うつむいたままの橋本に野島は近づいていった。

「橋本さん。あなたは事件当日、バイクに乗って環七通りを南下し、大田区の洗足池公園で降り、付近に停めてあったトラックにバイクを積んで持ち去った。そうね？」

「……知りません。あの日は偶然、そこをトラックで通っただけだ」

「あくまでそう言い張るならいいわ。真犯人に白状してもらうから」

はっと橋本は顔を上げる。その態度に、竹下と飯出は顔色を変えた。

「どういうことです、野島さん？　彼が絵を盗ったんじゃないんですか」

「彼はバイクに乗って環七通りを南下しただけ。沿道に設けられている監視カメラにその姿を映し、絵が大田区方面に持ち去られたと警察に印象付けるという役目を果たしたにすぎないわ」

そして野島は、ある人物のほうを見た。宝条愛乃だった。

「愛乃さん。二階の部屋で眠っていたら一階で物音がしたから、ドアを開けて下りていった。すると、フルフェイスのヘルメットを被った男がいて、壁から絵を盗るところだった。……間違いないわよね？」

愛乃は怯えたような顔つきで、「はい」と答えた。

「『ドアを開けて』っていうことは、目が覚めたときにはドアは閉まっていたということ？」

「そうです」

野島はこれを聞いて、口元を緩めた。

「それはおかしいんじゃない？　あなたの部屋は防音設備が完璧で、ドアを閉めたら、外に音は漏れない。外の音も、中に聞こえないんじゃないかな」

「あっ」

宝条靖之が声を上げ、娘の顔を見る。

「昨日この家に来たとき、私、一度あなたの部屋から外に出たでしょう。あれ、トイレに行ったんじゃなくて、このリビングに降りてきて、思い切り大きな声であなたの名前を叫んだのよ。あれが聞こえなかったのに、泥棒の立てた音が聞こえたとは思えないけど」

さっきこの事実を聞かされたとき、夕雨子も声が出ないほど驚いた。昨日、愛乃の部屋に戻ってきてすぐに「どうだった？」と野島は訊ねた。あれは、「聴取の内容はどうだった？」という意味ではなく、「私の大声、聞こえた？」という意味だったのだ。

愛乃は、泣きそうな顔になっていた。

「まさか……」

竹下が愛乃を見る。その視線に耐え切れなくなったのか、ついに愛乃は目を押さえた。

「すみませんでした！」

橋本が立ち上がり、頭を下げた。

「私がやったんです。お嬢様は何も悪くありません」

「いいえ。橋本さんは、何も悪くないんです。私が……私が悪いんです」

かばい合う二人。わけがわからないというように頭を抱える宝条靖之。野島がゆっくりと口を開く。

「計画を立てたのは、おそらく二人のどちらでもない。村岡華よ」

夕雨子はとっさに、村岡に視線をやった。忌々しさとあきらめのないまぜになった表情で野島を見下ろしている。

「宝条さん。あなたは奥さんのことばかり気にかけて、愛乃さんにまったく構っていなかった。お花に関する仕事をしてみたいと愛乃さんが夢を打ち明けたときも頭ごなしに怒鳴りつけたのでしょう。愛乃さんは寂しさを募らせ、その寂しさはいつしか、自分は愛されていないのではないかという疑いに変わった。その気持ちに気づいたのが、橋本さんだった」

愛乃のほうを気にかけながら、橋本は「……ええ」と力なくつぶやいた。

「お庭の石に腰かけていつも物憂げにしていらっしゃるお嬢様に、話しかけたことがありました。『お父さんもお母さんも、私が大事じゃないの』とおっしゃって。そんなことはないでしょうと私は言ったのですが……」

「愛乃さんがその疑いを告白した相手がもう一人いた。それが、村岡華」

「ちょっと待ってください。村岡と愛乃さんに、どういう接点があったというんですか」

竹下が訊ねた。

「村岡はダイエットするため、六月にマウンテンバイクを購入したの」

「ああ、そういえば遺品の中にありましたねえ。新品同様のマウンテンバイクが」

思い出したように、飯出が言った。

「毎朝、中野通りを南下して代々木上原駅の近くの公園まで行って、ストレッチをして帰ってくるのを日課にしていたわ」

「代々木上原は、愛乃が通学に使っている駅だ」

靖之が口に出した。

「そう。小田急線のね」

愛乃への聴取のとき、野島は小田急線という言葉に引っかかっていた。あのときから二人の接点を疑っていたのだろう。そして野島はさらに、決定的な証拠をポケットから取り出した。

「駅の近くにはこの包装紙を使っている花屋もあったわ」

竹下と飯出がそろって驚いた顔をした。昨日、夕雨子の部屋に現れた野島が手にしていた花束を包んでいたものだ。白地に赤と黄色の花の模様があしらわれたデザイン——あの時点では夕雨子も村岡も気づかなかったが、『ラヴールの小径』を包んでいたものとまったく同じだった。

「朝、その公園で顔を合わせるようになった二人は話し合うようになったんじゃないかしら。自身も両親に愛されずに育った過去がある村岡は愛乃さんにシンパシーを感じ、『両親の大事なものを盗んで、愛情を確かめてみるのはどうか』と提案した。愛乃さんはそれに乗り、橋本さんが協力してくれるだろうことまで村岡に話したのよ。そして村岡は計画を立てた」

愛乃も橋本も、もう何も口を挟むことなく、ただじっと野島の顔を見ている。

「事件当夜、父親と長谷部さんが眠った頃を見計らい、愛乃さんは部屋を出て、裏口の施錠を解いて外で待っていた橋本さんを招き入れる。橋本さんがガラス戸にガラス切りで細工をしている最中、愛乃さんは絵を壁から外して包装紙にくるみ、自分の部屋に持っていって隠しておく。再びリビングに戻って悲鳴を上げ、父親と家政婦を起こす。このときすでに外に出た橋本さんは、環七に出て、ばっちり監視カメラに自分の姿を映しながら、トラックを駐めてある洗足池公園に向けて走った」

「じゃあ、我々が到着したとき、あの絵はまだこの家の中にあったと？」

竹下はあっけにとられた様子で愛乃を見た。野島はそれを見てくすりと笑う。

「まさか、三千万円の絵がランドセルの中に入っているなんて、誰も思わないものね」

横幅の広いあのランドセルには、あの絵は簡単に入るだろう。

「事件のあった翌日の朝、愛乃さんはランドセルの中に絵を入れて家を出た。絵はいつもの代々木上原の公園で村岡華の手に渡り、竹下さんたちが必死になって捜索している大田区とは真逆の、中野区へ運ばれていった。ちなみに村岡華はすぐにマウンテンバイクの日課をやめている。愛乃さんとコンタクトを取っているところを見られないほうがいいという思いがそうさせたんでしょう」

「——単なる三日坊主ですよ」

その言い訳は、夕雨子以外には聞こえていない。

「なんていうことだ……」

北沢署の二人は言葉を失っている。

「愛乃っ！」

怒号がリビングを貫いた。宝条靖之が立ち上がり、娘に手を上げた。慌ててその手を橋本が止めた。

「やめてください、旦那様」

「お前は、自分が何をしたのかわかっているのか！　警察にまで迷惑をかけて！　こんなことが世間に知れ渡って、お母さんの仕事に支障が出たらどうするんだっ！」

止めようと立ち上がった夕雨子の視界に、紫色の物がすばやく割り込んでくる。村岡華が、宝条の体めがけて急降下し、その顔をつかむようなしぐさをしたのだ。

「わっ、なんだ、寒い！」

宝条靖之の体は怒りの形相の村岡の手に導かれるように二、三歩下がり、尻もちをついた。愛乃も、橋本も、長谷部も、不思議そうな顔をしている。

「やめてください」

夕雨子が大きな声を出すと、村岡はぴたりと動きを止めた。夕雨子は、靖之の顔を見た。

「愛乃さんが絵を盗んだのは、ご両親の態度が原因なんです」

靖之はその顔を睨み返すが、夕雨子はひるまなかった。

「親に抑えつけられて、結局親子の関係をこじらせてしまう子どもはたくさんいるんです。たとえそのあと自分の道を切り開くことができたとしても、両親との仲が悪いままだというのは、とても寂しいことなんです。宝条さんはまだ間に合う。親子の絆《きずな》が決定的に切れてしまう前に、もう一度、愛乃ちゃんの話をしっかり聞いてあげてください」

それは、靖之の上に覆いかぶさるようにしている村岡華の代弁のようでもあった。

11

墓地と住宅の塀の間に、蛇のようにくねりながら下っていく階段。何度足を運んでも陰鬱なその階段を、夕雨子と野島は下っていく。ふもとの石段に、村岡華は腰かけていた。丸まった背中が、微動だにしていない。

「村岡さん」

夕雨子が声をかけると、彼女は振り向いた。

「おはベッツィーです」

「──人から言われると、馬鹿にされた気分になりますね」

「元気でしたか」

「──馬鹿ですか。死んでるんですよ私」

毒づきながら再び前を向こうとする彼女の顔の前に、夕雨子はスマートフォンを出した。

「今朝、更新されたんです。『わたげホーダイ』」

村岡の目が見開かれた。

薄幸の天才漫画家・タピ岡まじょれの遺作、堂々配信！——煽《あお》り文句と共に、《華麗ならぬ一族　最終回》の表紙絵があった。

「——掲載してくれたんだ、荒巻さん」

「はい。せっかくの最終回だということで」

世界的ダンサーとして成功を収めた菊川なつは、様々な舞台で引っ張りだことなっていく。一方、世界同時不況は、財閥の一族を窮地に陥れる。あれよあれよという間に没落の一途をたどる財閥。なつをさんざんコケにした両親や兄弟は借金を抱え、家財を失い、下町のボロアパートに身を寄せていた。食べるものもなくすっかりやつれきった家族の前に現れたなつは、恨み言を言うでもなくじっと一人一人の顔を見る。

そして、踊りはじめるのだった。

ダンスが終わると、彼女は自分を邪魔し続けた彼らに向かって言う。

「私はあなたたちに感謝しています。反対されてもなお、突き進むべき道を見つけたのですから。見下されて、プライドをずたずたにされても『これが私の道』と、のどから血が出るくらい大きな声で叫べることを見つけられたのですから」

なつと家族たちはお互いを見つめあう。

そして、最後の一ページ。そのアパートのある街に夕日が落ちる光景がページいっぱいに描かれていて、誰のセリフかわからない吹き出しが一つだけあるのだった。

(もう一度、やりなおそう)

「重みのあるメッセージですねって、荒巻さんも言ってたわよ」

野島の言葉に、村岡は自嘲っぽく笑った。

「――そんなこと言ったって、最後まで読者なんていないんですから」

「コメントが一つ、ついてますよ」

夕雨子は画面をスクロールし、感想コメント欄を表示した。

(最終回、とても感動しました。夢をかなえたこともかっこいいけれど、ついに夢について家族にはっきりと言えたなつの姿はもっとかっこよかった。私も、お父さんとお母さんにちゃんと話して、お花とお庭の勉強をさせてもらえることになりました。本当に素敵な漫画を、ありがとうございました)

コメント投稿者名の欄にある「愛乃」という字を、村岡はじっと眺めている。

「よかったですね。一番届けたい読者に、ちゃんと読んでもらえて」

「――そうですね」

その瞬間、彼女の目から涙がこぼれた。それをさっと拭うと、彼女は慌てた様子で立ち上がった。

「――ごっ、ご迷惑、おかけしました。そろそろ消えますすザコは」

「またそんなことを言って」

「――いいんですよもう私なんて。最後まで親とは仲直りできませんでしたけど、ザコなりに、ちゃんと生きた意味があったってわかりましたから。漫画描いててよかったって、やっぱりこれが私の仕事だったんだって、ちゃんと思えましたから」

笑ったその頬に、また涙が伝った。体中を、淡く黄色い光が包んでいる。

「――泣き顔ブスは、もう消えます。本当にうれしかったです。ありがとうございました」

「こちらこそ。漫画が描けて、楽しかったです」

「タピ岡まじょれ、もう行くのね？」

野島が、右手を頬に当てる。

「私はあなたの漫画、けっこう好きよ。さよなリーヌ」

村岡は微笑《ほほえ》み、首を横に振った。

「――顔が違ってますよって言ってください。こうです。さよなリーヌ」

右手を頬に当て口をとがらせるその顔が、光に包まれて消えていく。最終回を読者に届けた漫画家とはみんなこうなのかと思わせるほど、充実した笑顔だった。

第三話　俺の名は。

1

雨が降っている。

合羽《かっぱ》の内側には半そでのシャツを着ているだけ。肌にぴたりとビニール生地が張り付いて気持ち悪いけれど、これを脱いだら寒くてしょうがない。

みんなとはぐれてどれくらい経ったのだろう。

一人だったら、心細くてしょうがなかった。

でも大丈夫。今は隣に公佳ちゃんがいる。おしゃべりしていれば、気がまぎれる。

お腹はすいてきたけれど、きっと私たちのことを心配して、捜索隊が探しに来てくれるはずだ。あんまり大きな山じゃないって青年団のお兄さんが言っていたから、すぐに見つけてくれるだろう。

「ねえ、公佳ちゃん」

話しかけたけれど、返事がない。

「公佳ちゃん？」

隣に目をやる。……いない。

さっきまでそこにいたはずの公佳ちゃんがいない。荷物はそのままそこにある。でも、その、暗い岩の屋根の下のどこを見回しても、彼女の姿はなかった。

「公佳ちゃん！」

外に飛び出す。木々の枝の間から落ちてくる水滴が、合羽に当たって音を立てた。

どこにいったの？　ふらふらと、下りのほうに歩きはじめたそのとき、

「行っちゃいけない！」

びくりとして振り返る。

夕闇の迫る山林の中、木々の間にぼんやりと黒い煙のようなものがある。背筋がびんとして、こめかみを痛みが貫く。

「行くな。絶対に……」

「えっ？」

煙はやがて人を形作っていく。その顔は……

「あなたは、誰？」

「行くな。絶対に、××には」

どこに行くなと言っているのか、よく聞き取れない。

「でも、公佳ちゃんが」

「行くな！」

体中に衝撃を受けたそのとき、はっとして目が覚めた。

夕雨子は、ベッドに仰向けになっていた。巣鴨の自宅。二階の自分の部屋だ。まだ寒気がある。浮遊霊が部屋に入り込んでいるのかもしれない。とっさに枕元に手を伸ばし、ストールを首に巻くと、寒気はおさまった。

布団すらかけずに寝入ってしまっていたことに、夕雨子は気づいた。身を起こし、ベッドの上に書類が散らばっているのに気づいた。これを読みながら眠りに落ちたから、あんな夢を見たのだと、かき集めながら反省した。

先日、村岡華の漫画を描いているときに、三田村剛が届けにきた、『榛葉山女子小学生失踪事件』の資料だった。

当時、夕雨子は引っ込み思案でクラスメイトと満足に口もきけなかった。それどころか、知らない大人の前で話をすると自然と涙が出てきてしまうのだった。後になって振り返れば、どこにでもいるシャイな子どもだっただけだが、商売で人と話すことに慣れている両親には我が子のそういう性格が理解できず、かなり心配された。そんな両親が区役所で見つけてきたのが、豊島区と群馬県の榛葉村が協力して行う、夏休みの青年キャンプ企画だった。言われるままに参加した夕雨子は、そこで一人の年上の女の子と知り合った。それが、荒木《あらき》公佳ちゃんだった。

地元の榛葉村から参加していた小学生の一人で、背は高く、だいぶお姉さんの雰囲気だった。おとなしい夕雨子のことを特に気にかけてくれ、たくさん話しかけてくれた。初めは警戒して、いつものように口をつぐみ続けていた夕雨子も、次第に心を開いていき、たくさん話をするようになった。

キャンプ三日目の山歩きのときに、その事件は起きた。

緩やかな山道を、公佳ちゃんとぺちゃくちゃおしゃべりをしながら夕雨子は歩いていった。途中、夕雨子の靴紐《くつひも》が緩いことに公佳ちゃんが気づき、結びなおしてくれたために、前の隊列からだいぶ後《おく》れを取ってしまい、それでも夢中でおしゃべりをしているうち、ついに他の人たちが見えなくなった。

公佳ちゃんもさすがに焦ったと見え、リーダーの大人や大学生、友だちの名前を叫びながらうろうろしたけれど、道はだんだん深い山林に入っていき、帰り道もわからなくなってしまった。雨まで降ってきて、体が冷えはじめた頃、その岩陰を見つけたのだった。

大きく屋根のように張り出した岩の下は、けして広くはなかったけれど、小学生の女子二人が身を寄せ合うには十分だった。公佳ちゃんは明るく夕雨子を励ましてくれ、夕雨子の持っていたチョコレートを分け合って食べながら、雨が止《や》むのを待っていた。

雨は激しさを増し、空はだんだん暗くなってきた。のしかかる不安と寒さ。公佳ちゃんは気遣ってお茶を飲ませてくれる。そのうち、夕雨子はなんだか眠くなってしまい——、うとうとしたあとで気づいたら、公佳ちゃんの姿はなかったのだ。

その後どうやって助けられたのか、夕雨子の記憶は定かではない。しかし、三田村のくれた資料によれば、地元の消防団によって午後五時五十二分に保護されたらしい。山歩きを始めてから実に五時間が経過していた。

姿を消した公佳ちゃんは、警察、消防団、地元の有志が総出で探したものの、見つからなかった。二人を呼ぶ捜索隊の声が聞こえたために岩陰から出て、呼ぼうとして歩き回っているうちに足を滑らせ、谷川に落ちてしまったのかもしれない——というのは、資料に同封されていた新聞記事に書かれていたことだ。見覚えのある、当時三十歳の小見川《おみがわ》という名の警官の顔写真も載っていた。夕雨子を助けてくれた人だった。

夕雨子は洋服ダンスの一番上の、小物用の引き出しを開いた。古びたチョコレートの箱。中には、血のこびりついた、丸まったティッシュペーパーが入っている。

あの日、帰り道を探して歩いているとき、植物のとげを触った公佳ちゃんの指から血が出たのだった。夕雨子は持っていたティッシュを包帯代わりに巻いてあげたのだ。

公佳ちゃんの血の付いたティッシュペーパー。他人が見ればゴミにしか見えないこれが、公佳ちゃんとの唯一のつながりであるような気がして、大切にしまってある。

「公佳ちゃん……」

夕雨子は、記憶の中の友人に語りかけた。

「私、警察官になったの。いつか必ず、見つけにいくからね」

2

その日、夕雨子は夕方出勤の深夜勤務だった。

すぐ表の青梅街道《おうめかいどう》に出て東のほうを仰げば、新宿の都庁が見える。眠らない街新宿では大小はあれど、毎夜毎夜、警察官が出動する事件が起きているという。少し離れただけなのに、中野署の管内の夜はまるで海の底のように平和だった。

とはいえ、暇だということはない。警察官には書類仕事がある。事件の数だけ書類があり、捜査の数だけ書くべきことがある。それが公務員たる警察官の日常なのだった。

「大崎さん、健康診断受けました？」

報告書を書いている夕雨子のそばに、鎌形が近づいてきて、訊いた。

「あー、すみません。いろいろバタバタしていて」

言い訳をすると、ひょろりとした鎌形の、ただでさえ弱気そうな眉が傾いた。

「お願いしますよ。刑事課はいつも遅いって共済組合のほうからも言われているんですから」

他の部署では一斉に行われる健康診断も、スケジュールの読めない刑事課では個々に医療機関に足を運んで行うことになっている。課員が行ったかどうかをチェックして担当部署に報告する仕事は、課長に指示され鎌形に任されていた。

「野島さんは、受けましたよね？」

鎌形は、夕雨子の隣の野島に訊ねた。

「ん？　ああ、来週やりにいくわよ」

スマートフォンから目を離さず、野島は答えた。

「先週もそう言いましたよ。もう、期限が切れてしまいます」

「うるさいわね。大丈夫なんだって、ここ二十年、風邪一つひいてないし」

「そういう人が危ないんです。二週間前、国分寺の警察官男性寮で一人、くも膜下出血の死者が出たことは知っていますよね」

　夕雨子の耳にもその件は入っていた。非番の日に倒れたらしく、発見されたときには死後一日すぎていたという話で、聞いたときにはぞっとしたものだった。

「あんなのはレア中のレアなケース、ミディアムレアでしょ」

「ミディアムレアはレアより焼けてますよ」

「うるさいな、あっちいきなさい」

「いいですね。必ず受けてくださいよ」

　念を押して、鎌形は別のデスクへと去っていく。

「何もこんな真夜中に訊いてこなくたっていいじゃない」

　野島は背もたれに体を預け、なおも画面をスクロールし続けている。調べものだろうか、と夕雨子は気になった。しかし、それだったらデスクにあるノートパソコンを使えば済む話だ。

「何、してるんですか？」

「『わたげホーダイ』よ」

　香林社の《月刊だんでらいおん》編集部が提供している漫画アプリだ。村岡華の事件でこのアプリを知ったのをきっかけに、お気に入りの漫画家を見つけた野島は、そのバックナンバーを毎日少しずつ読んでいるのだという。

「今、読まないでくださいよ」

「深夜チケット、三時までだから。『断捨離《だんしやり》ステ子の可燃恋《かねんゴイ》』、あと三話分読んじゃわないと」

スクロールを続ける野島。藤堂課長のデスクを見ると、こちらを睨みつけているようだった。

「課長、気づいてますよ」

「えーそう？　しょうがないな」

スマートフォンを置き、はあ、とため息をつく。

「昼間のあれが、凶悪事件につながっていたら、少しは刺激があったかもしれないのに」

野島の言う「昼間のあれ」については、出勤直後に夕雨子も報告をチェックしていた。

午後一時すぎ、中野区本町四丁目の交番に、ふらりと一人の男が自転車でやってきた。四十代半ば、坊主頭に無精ひげ、寒空の下、薄汚れたタンクトップ一枚で、肩や腕の筋肉が盛り上がっていたと、そのとき勤務していた佐々木巡査は証言している。男は背中に、フードデリバリー用のバッグを背負っていた。最近とみに利用されるようになったデリバリー会社のもので、佐々木も何度か利用したことがあるが、今日は誰も頼んでいなかった。いぶかる佐々木の前で、男はそのボックスを背中から下ろし、中から二リットル入りのペットボトルを取り出し、

「お前たちのせいで！　お前たちのせいで！」

わめきながら中身をぶちまけた。灯油のにおいがたちこめた。佐々木はもう一人の担当と共に男をとらえようとしたが腕っぷしが強く、押し返されてしまった。男は自転車にまたがり、ものすごいスピードで逃げて行った。

デリバリーバッグは中野区内で正規の登録者から盗まれたものであることが判明したが、男の身元はわかっていないままである。

「不謹慎なこと言わないでください。もし火がつけられたら、大変なことになっていたんですから」

夕雨子はたしなめた。野島はむすっとした表情でボールペンを取り、書類に日付を書きはじめる。

そのとき、電話が鳴った。藤堂課長が受話器を取った。

「はい？　……はい。はい。場所は？　上高田《かみたかだ》の、《下田《しもだ》銃砲火薬店》」

「あの、薬局の隣にあるボロい建物よね？」

聞き耳を立てていた野島が、すかさず夕雨子に訊ねる。夕雨子の頭にもその看板が浮かんでいた。早稲田通りから少し入ったところにある古い木造の建物で、白い金属

製の看板に、大きく《下田銃砲火薬店》と書かれている。狩猟用の銃器や銃弾を扱っている店のようだが、いつ見てもブラインドのようなもので覆われていて店舗内部は見えない。

「了解。すぐに向かわせます」

藤堂課長は受話器を置くと、部屋中に聞こえるように声を張り上げた。

「一一〇番センターから。先ほど、上高田の《下田銃砲火薬店》に犯行予告電話が入ったとのことだ。声の主は三十代〜四十代男性。『今から店に大勢で乗り込んで、火をつけてやる』という内容だった」

「おお、大事件」野島が嬉《うれ》しそうにつぶやく。

「誰か、手の空いている者はいるか？」

「はい」

すかさず、野島が立ち上がって手を挙げた。藤堂課長は眉をひそめた。

「野島は報告書がたまっているだろ」

「全部終わりましたよ」

またぬけぬけと嘘を言う。

「だめだ」

藤堂課長はすべてお見通しで、他の刑事二人に出動するように命令した。

「何よ」

野島は椅子に腰を落とし、ふてくされている。

「しょうがないですよ。続けましょう」

深夜に現場に駆り出されずに済んだと安堵する夕雨子の横で、野島は再び、アプリで漫画を読み始める。

ものの一分もしないうちに、また電話が鳴った。

「はい、刑事課。……はい。……はい？」

受話器を取った藤堂課長は不可解そうだった。

「私は、いいのですか？……はあ、二人で」

どこか不思議そうな表情だ。目上の人間と話しているのは雰囲気でわかる。

「わかりました。では今すぐ、そちらに向かわせます」

受話器を置くと課長は、野島と夕雨子のほうを見た。

「署長室から内線が入った。『女の二人組を呼んでくれ』だそうだ。刑事課で女二人で行動しているのは、お前たちしかいない――野島、何かやったのか？」

顔をしかめる藤堂課長に、野島は肩をすくめてみせる。身に覚えがないのか、ありすぎてどれを言えばいいのかわからないのか。それより夕雨子には気になることがあった。

「もう二時十五分ですよ。署長がこんな時間にいらっしゃるんですか？」

「本庁の人事から何か言ってきたそうで、ここのところ署員のデータをずっと見ているよ。署長というのも楽な仕事じゃないんだ」

「人事？」

その言葉に、野島の目が輝いた。

「わかりました。では、さっそく」

「あ、待て」

夕雨子を引っ張って廊下へ出ようとする野島を、藤堂課長が止めた。

「『必ず、エレベーターを使ってくるように』と」

野島と顔を見合わせる。なぜ、エレベーターを指定したのだろう？　急いで来いということだろうか。

署長室は、中野署の最上階、十一階の奥にある。エレベーターの「△」ボタンを押し、階数表示ランプを見上げた。

「いよいよ、本庁に呼び戻されるかもしれないわ」

野島はそわそわしている。本庁でミスを犯して中野署へ飛ばされてきた野島は、警視庁の捜査一課に戻りたがっている。人事が入ったということはそういうことなのだと期待しているのが手に取るようにわかった。

「でも、それならどうして私も一緒に呼び出されたんですか？」

「あんたも一緒に異動ってことじゃない？　私たち二人で、難事件を解決しているんだから」

「えっ？」

「よかったじゃない。昇進よ」

「それは……困るんですけど」

夕雨子は別に出世がしたいわけじゃない。警視庁になんか行くのはごめんだった。にわかに胸の中に不安が上がってくる。

エレベーターの扉が開いた。二人は乗り込む。「11」のボタンを押すと、扉は閉まり、エレベーターは上昇を始めた。

急な寒気に襲われぶるっと震えたのは、四階をすぎたあたりだった。

3

「何よ？」

野島は、夕雨子の変化に気づいたようだった。

「いや、あの……、わっ」

がくん、とエレベーターが大きく揺れた。壁に手をついてバランスを保つ。照明が落ち、オレンジ色の非常灯が点灯する。上昇は停まっていた。

がたがたがたと、エレベーターの箱は揺れ続けている。夕雨子の背中を、氷でできたアリの大群が這い上がってくるような寒気が襲った。

「もしもし、もしもし？」

野島は非常通話ボタンを押して話しかけているが、一向に通じる様子もない。

「地震じゃないわよね。大崎、ひょっとしてこれ、あんたの案件？」

野島は訊ねた。

「そう、みたいです」

「幽霊にエレベーターを止めることなんてできるの？」

「基本的にモノを動かすのはできないはずなんですけど、たまに電気と相性のいい霊がいて、電子時計を止められたりしたことはあります。でも、ここまでの経験は私も……」

「さっさと対応しなさい」

野島の手が伸び、夕雨子の首からストールが外される。

幽霊は、野島のすぐ隣にいて、じっと野島の顔を睨みつけていた。

「あの」

話しかけると、今度は夕雨子のほうに顔を向けてきた。男性だった。夕雨子が自分を認識したと見るや、エレベーターの揺れはぴたりと止まった。

「――俺のことがわかるか」

その声から恐ろしい気配を感じた。

「見えるのは、私だけです」

ちぐはぐな答えだったかもしれないと口にしてから後悔し、

「野島さんの、お知り合いですか？」

慌てて付け足した。霊は再び、野島のほうを見た。

野島は即座に察し、夕雨子の視線から見えない相手の位置を判断し、そっちに向き直る体勢になる。夕雨子からは霊と野島が不倶戴天《ふぐたいてん》の敵のようににらみ合っているかに見えた。そのまま数秒経ったあとで、霊は口を開いた。

「――おい。こいつに言え。俺が誰かわかるか」

「野島さん。こちらの方が、『俺が誰かわかるか』と」

「わかるわけないでしょ、見えないんだから！」

野島は一喝するように答えた。

「おかしなこと言ってないで、はやくエレベーターを動かしなさい！」

「――思い出せ、俺の名前を思い出すまで、このエレベーターを動かすわけにはいかない」

「名前を思い出すまで、エレベーターを動かさないそうです」

「はあっ？　何ですって！」

野島の頭から湯気が出そうになっているのが、非常灯の暗い明かりの中でもわかった。

「言うことを聞くしかなさそうですよ。生前、野島さんに関わっているんだと思います」

「どういう特徴があるか教えなさい」

「なんだか、野島さんにものすごい恨みを持っているような感じがします」

「そんなやつ、たくさんいるわよ」

「ですよね」

夕雨子は野島に頭をはたかれた。口が過ぎたようだった。

「そうじゃなくて、年齢とか体形とか服装とか、そういうこと」

頭を押さえつつ、霊を観察する。

「年齢は四十代半ば、髪の毛は普通の長さですが、ソフトタイプの整髪料を使っているのか、ちょっと乱れた状態です」

夕雨子に言われ、彼は気にしたように髪の毛を整える。分け目が斜めになっていて妙な髪形だが、あまり気分を害してもいけないのでそれは省いた。

「顔に特徴はないの？　眼鏡とか、ほくろとか、ひげとか」

「これといってありませんが、眉毛が少し薄いような。服装はワイシャツに、スラックス。ネクタイはしていません」

「スラックスの色は？」

「暗くてはっきりしませんが、黒か、紺です」

「四十代半ば……、眉毛が薄い……」

顎に手を当てて考える野島。しばらくそうしていたが、「うーん……」と手を顎から離した。

「十五年前の事件の関係者かもしれない」

「十五年前、ですか？」

「『青山女子大生殺人事件』よ」

4

十五年前、野島は青山署の刑事課にいた。

単身者向けマンション《ヴェルモンテ青山》の一室で、羽鳥聡美《はとりさとみ》（二十歳）の遺体が発見されたのは、八月二十日のことだった。

羽鳥は渋谷区にある私立大学の学生で、法律の勉強サークルに所属していたが、その日、予定されていた勉強会に顔を出さなかった。羽鳥は無断で会を欠席したことは一度もなく、携帯電話にかけても出なかった。心配になったサークル仲間の三島奈美《みしまなみ》がマンションを訪れた。管理人に事情を説明し、二人で合鍵を使って部屋に入ったところ、変わり果てた羽鳥聡美の姿を発見したのだった。

容疑者として浮上したのは、当時羽鳥が交際していた柿本久志《かきもとひさし》という二十五歳の男性だった。現場に落ちていた凶器の包丁には、羽鳥の血液と共に柿本の指紋がべったりと残されており、羽鳥の衣服からも柿本の体毛が多数発見された――。

「私は、当時組んでいた先輩刑事と共に柿本の足取りを追う役目を任されたの」

エレベーターの非常灯の明かりのもと、野島は懐かしむような顔になっていた。

「それで、何かヒントになるものがあればと、被害者の故郷に行ってお母さんに話を聞いたのよ」

羽鳥聡美の両親は、聡美が幼い頃に離婚しており、母親に引き取られた彼女は茨城県の大洗《おおあらい》で高校までを過ごした。海の見える、今にも倒れそうなアパートの一室で母親は一人で暮らしていた。

「自分に学がないせいで、聡美には苦労をさせた。母親はそう話したわ」

離婚のとき、聡美の親権を取る代わりに一切の財産は夫に持っていかれ、慰謝料も取ることがかなわなかったのだという。高校を中退していた母親はそれを自分の世間知らずのせいにした。わが娘にはそんな苦労をさせたくない。寝る間を惜しんで働いてえた給料のほとんどを娘の教育費にあて、大事に育てた。娘ははれて大学の法学部に合格し、弁護士を目指して勉強中だったのだ。

「母親の落胆の様子は目も当てられなかった。食事ものどを通らないらしく、げっそりしていてね。話している途中でもすぐに娘の名を叫んで泣き出してね」

その姿を想像し、夕雨子の胸も痛む。女手一つで育てた娘を殺された母親の悲しみ、苦しみは相当のものだったろう。

「私は柿本を許せなかった。必死で柿本の行方を追った。でも、なかなか見つからずに捜査本部は縮小して、私は担当から外された」

「でも」

夕雨子は口をはさんだ。

「見つけたんですよね、その柿本という犯人を。西麻布の《ライヒ》っていうバーで」

野島は、ぎろりと夕雨子を睨みつけた。

「なんで知ってるのよ？」

「鹿野川祥吾《かのがわしょうご》さんに、聞いたんです」

かつての野島の同僚だ。野島とは警察学校の同期であり、別々の所轄署勤務を経て、警視庁の捜査一課で一緒になったと聞いている。

一昨年、港区で起きたアマチュアバンドの殺人事件を追っている最中に、鹿野川は犯人の凶弾に倒れた。それが、今、夕雨子が口にした《ライヒ》というバーでの出来事なのである。

鹿野川祥吾は霊となって、新宿にある実家、《あざみ食堂》の仏間にまだ留まっている。夕雨子は先日、一人で彼のもとを訪れ、『青山女子大生殺人事件』『アマチュアバンド殺人事件』と、野島が話したがらない過去についてすべて聞いてきたのだった。

「あんたね、何を勝手に……」

「黙って祥吾さんに訊いたことは謝ります。でも、野島さん、何も教えてくれないから」

野島はため息をつくような顔で夕雨子を見ていた。過去のミスを穿《ほじく》り出されることを野島が嫌うのはわかっている。その視線が夕雨子には痛かった。

「でも、野島さんだって、公佳ちゃんの事件のことに首を突っ込んでくるじゃないですか！」

言い訳めいた言い方になってしまった。

「初めは私も、過去を探られているようで嫌でした。でも、だんだん思うようになったんです。野島さんと一緒なら、公佳ちゃんの事件も明らかになるんじゃないかって。公佳ちゃん……、見つかるかもって。だから、私も野島さんの役に立ちたいんですよ。柿本を追うのだって、手伝いたいんです」

重い沈黙。怖い。この人が、自分のことを受け入れてくれるのか。でも、目をそらすわけにはいかない。今言ったことが、私の、本当の気持ちなのだから。

がくん、とエレベーターが揺れ、夕雨子と野島は大きくよろめく。

「――何を内輪もめしているんだ？」

おぞましい声と共に、夕雨子の背中を再び寒気が這い上がってくる。恨めしそうな男の顔が、夕雨子の眼前に割り込んできた。

「野島さん。この話はとりあえずお預けということで」

「それがいいわね」

野島も同意した。

「『青山女子大生殺人事件』と、こちらの方と、何の関係があるっていうんですか？今の話だと、野島さんに恨みのありそうな関係者はいない気がするんですけど」

「第一発見者の管理人よ」

野島は思いつめたものを吐き出すように言った。

「私が追いつめたの。大洗での母親への事情聴取が終わった後、私は羽鳥の大学の友人たちに丁寧に聞き込みをした。羽鳥聡美は柿本と別れたがっていたらしいのね。でも柿本は認めなかった。それどころか、羽鳥から預かっていた合鍵を使って留守中に部屋に出入りし、盗みを働いていたの。羽鳥はそれを嫌がり、鍵の付け替えを管理人に相談したんだけど、管理人はのらりくらりとした対応を続けるばかりだった。私は彼に言ったわ。『もしあなたが相談にのっていて、早急に鍵を替えていたら、事件は起こらなかったはずよ』とね……」

今思えば強い語調だった、と野島は言った。

「管理人はうつむいて、黙ったまま私の詰問を受け止めていた。そしてその夜、『お詫《わ》びしたい』というメモ書きを一つ残して、首を吊《つ》ったのよ」

夕雨子は思わず口元を押さえた。霊のいるほうを向く野島。

「あの人なら、私に恨みを抱いていてもおかしくはない。あなたは、《ヴェルモンテ青山》の管理人、瀬名《せな》亀雄《かめお》さんね？」

霊は野島に、氷のような視線を注ぐ。

しかしやがて、彼は口を開いた。

「――俺は、そんな名前ではない」

5

「瀬名さんは縊死《いし》なんですね？」

夕雨子は野島に訊いた。

「そうよ」

「じゃあ、違うと思います。こちらの方、首にそういう跡がありません」

「ん？」

野島は意外そうだった。

「霊って、死んだときの傷が残っているものなの？」

「そうですよ。服装も何もかも、亡くなったときのそのままの外見で出てきます。話したこと、ありませんでしたっけ？」

「ないわよ。じゃあ、こないだのタイ人のサムソークは？　あいつ、車に撥ねられて顔からアスファルトに叩きつけられたって、事故の報告書に書いてあったけど」

「顔のこの部分が損傷していました。骨も見えていましたよ」

自分の右目から額にかけてのあたりを、夕雨子は指でぐるぐると示した。

「あんた、よくそんなやつらを相手にして、平気でいられるわね」

「平気じゃないからストールをしてるんです。それをいつも野島さんが無遠慮にとっちゃうんじゃないですか」

「ああ、そうかごめんごめん」

ばつが悪そうに笑う野島から、改めて彼のほうに顔を動かした。

「あれ。そういえばこちらの方、外傷は全然ないですね」

「後ろは？」

「ちょっと失礼します」

夕雨子はエレベーターの壁に背をつけるようにして、霊の背後に回る。その体を観察するが、やはりどこにも血は出ていない。

「ないです」

「ということは、何で死んだのかしら。病死？」

「それにしては体つきががっちりしています。闘病生活が長かった人はもっとやせ細っています」

「じゃあ……、毒？」

「ああ、血を吐く毒でなければ、ありえますね」

野島は顎に手を当てて目を閉じたが、すぐに、

「あ」

と天井に向けて目を上げた。

「あれは、私が警視庁の捜査一課に配属になった直後だから、六年前のことよ」
＊

事件があったのは文京区にキャンパスを置く日本化学《にっぽんかがく》大学の大学院。研究棟にある実験室にて、実験をしていた学生の前田悠三《まえだゆうぞう》が突然苦しみだして倒れ、そのまま亡くなった。

司法解剖の結果、死因はとある毒物と判明した。条件にもよるが、この毒物は経口の場合、三十分から二時間の間に効果が表れるものである。

前田が倒れたのは午後五時であったが、彼はそれより一時間半前、午後三時半に、談話室でまんじゅうを食べていた。前田とは別の研究室に所属する高尾《たかお》という学生が、里帰りの土産として持ってきたものであり、高尾が第一容疑者として浮上した。

高尾と前田は、研究室は違うが仲が良く、しばしばお互いの下宿に足を運ぶほどだった。殺害の動機はありそうになかった。さらに、まんじゅうを食べた前田以外の誰にも症状は出ておらず、箱に残された余りのまんじゅうからも毒物は発見されなかった。

「前田は誰にも分け隔てなく接する明るい性格で、人気があった。彼が殺害されたなんて信じられないし、自殺はもっと信じられない。事情聴取では誰もが口をそろえてそう言ったわ」

野島は言った。

「捜査本部は、高尾の犯行という線を捨てなかった。彼の狙いは前田ではなく、毒入りのまんじゅうを別の人間に食べさせる予定だったと考えたのね」

「それを、前田さんが間違って食べてしまったってことですか？」

夕雨子は驚いたが、野島は首を振った。

「でも、それも違うということはすぐにわかった。高尾はまんじゅうの箱を談話室に持ってきたとき、その場にいた博士課程の先輩に手渡したの。そのとき、包装紙はしっかり糊付《のりづ》けされていたことが居合わせた複数の人間によって確認されている」

「事前におまんじゅうに毒を仕込んでおくことは不可能だったということですね。じゃあ……、おまんじゅうに、毒は入っていなかった」

「そうなるわね」

「前田さんは他にも何か食べていたんですか？」

「まんじゅうを食べた直後から倒れるまで、ぶっ通しで実験をしていたというのよね。その間、もちろん何も口にしていない」

「おまんじゅうを食べる前は？」

「十二時半にパンを食べたきり。裏付けるように胃の内容物からは、消化が進んだパンと、まんじゅうの他には何も見つからなかった」

それじゃあ、毒を体内に入れるのは不可能だ。夕雨子はわからないというしぐさをする。すると野島は言葉を継いだ。

「事件当日の前田の行動を追っていたとき、私は不審な証言を一つ得た。午後三時前、前田と同じ研究室の学生が、前田と話しているところに、平たい箱を抱えた助教がやってきて『招待状を作成する手伝いをしてくれないか』と前田に頼んだらしいの。箱の中には封筒と、書類がたくさん入っていた」

「なんですか、それは」

「研究室の同窓会の招待状をOBたちに送るということだったそうよ。封筒に招待状を折って入れて封をするだけのことなんだけど、百人分ちょっとあるからけっこうな作業よね。だからその証言者の同級生も手伝うと申し出たんだけど、助教は『前田だけでいい』と断ったって」

「怪しいですね。前田さんはその助教と二人きりだった時間があったということですか」

「そうね。談話室の隅のちょっとしたスペースでやっていたと言っていたかな」

「でも……、その作業中に毒を経口摂取させるなんてできますか？　飲食はしなかったんですよね」

「私は、その同級生に訊いた。助教の持つ箱の中にあった封筒には切手は貼ってあったかと。『貼ってなかった』とその同級生は答えた」

夕雨子はようやく気づいた。

「切手の裏側に、毒が塗ってあったんですか！」

野島はうなずく。

「シール式の切手でもない限り、裏の糊を溶かさないと切手は貼れない。百人分もあれば、普通は水をしみこませたスポンジか何かを用意するけれど、助教に言われたらまあ、裏をなめて貼るのも不自然じゃないからね」

「助教は犯行を認めたんですか？」

「認めるわけないじゃない。封筒はすでに投函《とうかん》され、運ばれたあとだった。だから私はその助教にこう言った。『ＯＢの家を一軒一軒訪ねて、招待状の封筒を回収し、貼られている切手に毒物が残っていないかを調べる』――でも、助教は余裕の顔だった。やってごらんなさい、と言わんばかりのね」

「その推理も間違っていたんですか」

「いや。助教の態度に何か策を感じた私は、技術者を呼んで、研究室のパソコンとプリンターを調べてもらった。パソコンのほうのデータは消されていたけれど、プリンターには、封筒に印刷された住所のデータがしっかり残されていたわ。研究室のOB名簿と照合したら、一件だけ、架空の住所が見つかったの」

「どういうことですか」

「警察が切手の裏に毒を塗った可能性に達することまで、彼は想定していたのよ。そのうえで、架空の送付先の封筒を用意し、毒の切手をそれに貼るように前田に命じた。送り主の住所が書かれていない場合、宛先不明のその手紙は中央郵便局に一定期間保管された後で廃棄されるわ。助教はそれを狙った。ただ、プリンターにデータが残されていることは盲点だったみたいね」

なんていう執念だろう。

「それで、助教を逮捕したんですか」

「いや。中央郵便局でその封筒を見つけ、突きつけようと研究室にとって返したけれど、助教はいなくて、そのまま行方不明になってしまった。そして翌日、千葉県の河《か》川敷《せんじき》に停められた車の中で、彼が冷たくなっているのが発見されたの。死因は前田を殺したのと同じ毒で、助手席には遺書が残されていた」

前田はその春から、同じ研究棟で学ぶ年上の女子大生と付き合っていた。助教はその学生と一時期恋愛関係にあり、自分がふられたのは前田のせいだと遺書には書かれていた。

「当該の女性に訊いたけど、助教と交際した事実はないと強く否定したわ」

つまりすべては、助教一人の妄想による思い込みと、謂《いわ》れのない逆恨みだったということだ。前田の無念さを思うと、夕雨子はやりきれなくなる。

「しかしそれ以上に印象的だったのは、遺書に書かれた私への悪口よ」

野島は続けた。

「野島という刑事さえいなければ前田は自殺として処理されただろう。私が彼女を幸せにできたのに。そんな恨み言で、三枚のうち二枚の便せんは埋め尽くされていたわ」

「そんなに恨まれて、よく平気で笑っていられますね」

「刑事をしてりゃ、犯人に恨まれるなんて日常のこと」

野島は、霊がいるほうへ向き直る。

「あんたは、日本化学大学大学院の助教、上倉昭《かみくらあきら》ね？」

霊は、野島を睨みつけた。青ざめた顔を、憤りが染めていく。

「――妄想と逆恨みで学生を毒殺しただって？」

夕雨子の背筋が寒くなる。

「――いい加減にしろ。私は、そんな男ではない」

6

「違うようです」

野島は不満そうだ。だが、急に夕雨子の腕をとったかと思うと、霊がいるのとは逆の隅へ連れていき、小声で訊ねた。

「……霊って、憑依《ひょうい》することはできるんだっけ？」

「ええと、はい。とり憑かれる側の人間のコンディションにもよりますけど。すごく疲れているとか、病気とか、深い悩み事を持っている、あとは、眠い人なんかにはとり憑きやすいようです」

「とり憑いた相手を操ることはできる？」

「できることもあります」

ふーんと野島は眉根を寄せる。

「何を考えてるんですか？」

「こいつが署長にとり憑いて、刑事課に電話をかけさせたということはないかしら？」

思わぬ推理に、夕雨子はどきりとした。だが……

「ありえなくはないです。でもなんでそんなことを？」

「私たちをここに閉じ込めるためよ」

必ずエレベーターを使うように署長は指示したと、藤堂課長は言っていた。あの不可解な指示の理由が、それならはっきりする。

「でも、警察署の署長を操ろうなんて、一般の人は考えるでしょうか」

「ということになると……」

「──何をまた、こそこそと相談しているんだ？」

二人の前に、すっと男の顔が浮かんだ。「ひっ」と、夕雨子はのけぞった。

「──わかったのか、俺の名前が」

「い、いえ、まだ。野島さん、思い出せませんか？」

「あなた、警察関係者？」

野島の問いに、彼はぴくりと反応した。

「──い、いや……」

「なんだか、合っているみたいです」

それを聞いた野島は落ち着いていた。……いや、落ち着いているのではなく、憂《うれ》いを含んだ表情だった。

「警察関係者ということなら、一人だけ心当たりが見つかったわ」

「何か、思い出したくないことですか」

「大崎、あんたの知りたがっているスモーキー・ウルブズの事件よ」

それは、野島が同志である鹿野川祥吾を失うきっかけになった、二年前の事件だった。

＊

二年前の十二月七日。港区六本木のライブハウス《サウンド・ラ・メール》では、アマチュアバンドの合同ライブが行われていた。スモーキー・ウルブズはもともと高校の軽音部の同級生三人と、あとから加わった一人で結成されたロックバンドだ。細々とライブハウスに出演していたが、あるとき自主製作のPVをSNSにアップしたところまたたくまに拡散され、人気に火がついた。メジャーデビューも目前であるといわれており、その日も彼らを目的に足を運んだファンが半分以上だった。

事件は、スモーキー・ウルブズの出番のときに起きた。

曲はサビを迎え、客たちの盛り上がりは最高潮だった。そのとき、客の最前に男が一人飛び出してきた。男はジャケットの内側に手を入れると何かを取り出し、ステージ中央で熱唱しているボーカルの小西康《こにしやすし》に差し出すように向けた。直後、曲を遮るように銃声が響いた。

小西は倒れた。その胸は血で真っ赤に染められていた。静寂のあと、会場のあちこちから恐怖と嘆きの叫び声が上がった。

撃った男は抵抗する様子もなくその場で取り押さえられ、警察に身柄を引き渡された。小川《おがわ》たけと、十九歳。取調室では「俺は神だ。神が乗り移った。神の命令でやつを殺したんだ」と、うわごとのように繰り返していた。全身にびっしょり汗をかいていたことや、行動に落ち着きがないことから尿検査が行われ、薬物の陽性反応が出た。

小川は、スモーキー・ウルブズの参加するライブによく足を運んでいたことが、その後の調べでわかった。事件は、「薬物中毒に侵された熱狂的なファンによる殺人事件」ということで決着がつくように思えた。

ところが三日後、事態は急変する。

目黒区碑文谷《ひもんや》の住宅街の路地裏にて、スモーキー・ウルブズのギタリスト、花形翔《はながたしよう》太《た》が殺害されているのが発見されたのだ。捜査本部には電撃が走った。というのも、花形翔太の父親は警察官僚だったからである。警察官僚の息子が殺人事件の被害に遭うなど、あってはならないことだった。

警視庁からは捜査一課長ほか重職にある者たちが六本木署に出向き、小川たけとの取り調べに発破をかけた。マジックミラーの向こうからの重圧を受けながら、担当捜査員は小川に事情を問うた。すると、それまでうつろだった小川の目が正気を取り戻したようになった。

「神に命じられたというのは嘘さ。本当は、悪魔の猿に命じられたんだ」

それは何者か。捜査員は訊ねた。

「俺にクスリを横流ししてくれた男だ」

相変わらず額にびっしょりと汗を浮かべ、ろうそくの火を見つめるような目つきで小川は答えた。

「人間としては猿橋宏《さるはしひろし》と名乗っているが、あの人は本当は悪魔の猿なのさ。地上に降りたち、狼《おおかみ》たちを退治する。俺は、その手伝いを命じられたんだ」

捜査員はすぐに猿橋の行方を追ったが、どこにいるのかはわからなかった。しかし、彼のことをよく知る松方《まつかた》という人物から有力情報を得ることができた。

松方は、渋谷区円山町《まるやまちょう》の小さなライブハウスのオーナーである。猿橋宏はこのライブハウスに出入りするＧＯＯＺ《グーズ》というバンドのギタリストだったが、同じ店を拠点として活動していたスモーキー・ウルブズの人気が高くなるにつれ、出番が少なくなっていった。ＧＯＯＺの他のメンバーはスモーキー・ウルブズの人気を見て潮時だと判断した。ＧＯＯＺの曲は、間奏に〈打ちのめせ！〉〈ターンテーブルに血をぶちまけろ！〉など過激な叫びを連呼する特徴があるが、そのスタイルは若い音楽ファンの共感を得られるものではなかった。猿橋以外のメンバーはそれに気づき、とうに限界を感じていたのだった。

猿橋の説得むなしく、GOOZは解散した。その後も猿橋だけは一人で細々と音楽活動を続けていたが鳴かず飛ばずであった。

そのうち松方は、猿橋についてよからぬ噂を耳にするようになった。反社会的勢力とのつながりを持ち、ドラッグを常習しているというのだった。松方が本人に事情を質《ただ》すと、猿橋は暴れ、店を飛び出していった。それ以来、松方は彼の姿を見ていないということだった。

「猿橋のスモーキー・ウルブズへの逆恨みは、鬼気迫るものがあった。いつか取り返しのつかないことを起こすんじゃないかと心配していましたよ」

松方のその証言を受け、捜査本部は二百人態制で猿橋の行方を追った。

三日後、捜査本部にさらなる焦燥を与える出来事が起こった。スモーキー・ウルブズのドラム、名取一矢《なとりかずや》が自宅付近で殺害されたのだ。

捜査本部は猿橋による犯行の線を固め、スモーキー・ウルブズの最後の一人、天地《あまち》豪《ごう》の自宅周辺警備を強化した。天地豪はなぜか激しい警察嫌いで、わめき散らすようにして警護を拒絶したが、今でも自宅周辺の警備は続いている。

＊

この事件で命を落とした鹿野川祥吾本人から、夕雨子は詳しく話を聞いている。だが、目の前のこの霊と事件は結びつかなかった。いったいこの人物は誰で、野島に恨みを抱く理由は何だというのだろうか。

「三人目の被害者、名取一矢」

野島は口を開いた。

「私、彼の身辺警護を任されていたのよ」

「そうだったんですか」

初耳だった。のちに西麻布のバーで猿橋を取り逃がしたことは知っているけれど、それまでの捜査にどう関わっているかは鹿野川にも聞いていない。

「名取は当時、江東区三好《みよし》の一軒家に父親と二人で暮らしていた。花形が殺されたことで捜査本部はもちろん、本庁の上層部もピリピリしていて、マルタイを絶対に家から出すなと言われていたわ」

マルタイというのは、「対象者」のことで、この場合は名取一矢のことを指している。

「捜査員は八時間ごとの三交代で名取の身辺を警護した。私が任されたのは、午前六時から午後二時までの間、名取の自宅内で、所轄の清澄《きよすみ》署の刑事と二人だった」

名取一矢は二階にある部屋を朝から一歩も出ず、音楽を聴いていた。野島と所轄の刑事は、部屋の前で立っていた。

「午前十時すぎだった。名取が部屋から出てきて、『煙草《たばこ》を買いたい』と言ったのよ。私は、『誰かに買いに行かせるわ』と言って銘柄を聞いたんだけれど、名取は頭を掻きむしり、何も言わずにドアを閉めたわ」

名取は軟禁状態で、だいぶ参っているようだった。

「そのすぐ後に、私の携帯に本庁からの連絡が入った。話の途中から、ドア越しにでも名取に聞かれたらまずい話題だと思って、ドアは開いていて、階下のリビングに場所を移して話をしていたの。五分ぐらいしてから戻ると、所轄署の刑事は青い顔をして震えていた。部屋の中を覗くと、名取一矢の姿はなかった」

「えっ？　出て行ってしまったんですか？」

「私は彼を問いただした。『どうしても行きたいというので、出て行かせました』。彼はそう言って震えだした。様子がおかしいとは思ったんだけれど、とにかくマルタイから目を離してはいけないと思って外に出た」

外で見張っていた刑事たちの誰も、名取が出ていく姿を見ていなかったが、すぐに垣根の間に隣家の庭に抜ける道があるのがわかった。

「私たちが名取を探しはじめたそのとき、銃声が響いたの」

慌てて駆け付けると、名取一矢は路地裏で腹部から血を流し、倒れていた。病院に運ばれたがまもなく死亡が確認された。所持していた携帯電話には名取が当時交際していた女性を預かっているという内容と、「今部屋を出てこなければ、彼女を殺す」という内容のメッセージがあった。後で調べたところ、その女性が拉致されたという事実はなかった。名取は完全におびき出されたことになる。

「見張っていた刑事は、どうして名取を外に出したんですか」

夕雨子の問いに、野島は目を伏せた。

「わからない。まともに受け答えができなかった」

野島も後から聞かされたことだったが、彼は少し心を病んでいて、警備業務に就く一週間前まで、半年ほどの休養をとっていたらしい。

「上司も、まさか午前中に殺人は起こらないだろうと高をくくって彼を現場に送り出したらしいのね。そんなことを知らない私は彼にきつい言葉をかけた。『頼むからこのことは、言わないでください』って、彼は泣いて頼んだけど、当時の私は聞く耳を持たなかった」

本庁の上司にも、所轄の刑事課にも、野島はありのままを報告した。

「その人、謹慎を言い渡されたけれど、そのあとも本庁の刑事や所轄の上司から責任を取れと責め立てられたそうよ。どうしようもなくなって、寮の自室で……ガス自殺をしたと聞いたわ」

痛ましいことだった。同僚を失った後の野島にはなおさらこたえたに違いない。

その気持ちとは別に、ガス自殺なら外傷はないなと、夕雨子の中の冷静な部分が分析していた。

「あなたのしたことは、やはり警察官としてはあるまじき行為だと思うわ」

野島は、見えない相手に向かって語りかける。

「だから今でもかばうことはできない。でも、言い方は考えなければならなかったと反省しています。ごめんなさい。……清澄署刑事課の、香田豊《こうだゆたか》さん」

夕雨子は、霊を見つめる。彼は相変わらず、石仏のように口を結んだまま、野島のほうに顔を向けている。

その固く結ばれた口が、開いた。

「——どれだけ人間違いをすれば気が済むんだ」

7

「――つくづく、がっかりしたよ。あんなことを俺にしたくせにな」

霊は野島を睨みつけ、なおも恨みがましそうだ。

「つくづくがっかりしたそうです。あんなことを俺にしたくせに、っておっしゃってますよ」

「何よ、大崎まで私を責める気？」

反省を露《あら》わにした態度から一転、野島は恐ろしい形相で夕雨子に迫る。

「私は、こちらの方の言葉を伝えただけで……」

「あーもう、わからない！」

やぶれかぶれになってエレベーターの扉をどんどんと叩きはじめた。

「誰か！　だーれーかー！　助けなさい！」

「野島さん、落ち着いてください」

止めようとする夕雨子を振り払い、今度は扉を蹴りつける。

「っていうか、気づきなさいよ！　エレベーターがこんなに長いこと停まってて、閉じ込められている人間と連絡がとれないんだから！　なんとかしなさいよっ！」

三回ほど蹴りつけた後で、突然その足が止まる。野島は夕雨子のほうを振り返った。見たこともない恐怖の表情だった。

「まさか、署内には私たち以外には残っていないなんていうことはないでしょうね？」

「ないですよ。一般的な部署には夜も必ず誰かがいます」

「そうじゃなくて、みんな死に絶えてしまったとか。それこそ、ガス漏れで」

「まさか」夕雨子は笑った。「署内全員が死んじゃうガス漏れなら、私たちだって生きてないですよ」

「だとしても、これだけ外の反応がないっていうのも異常じゃない？」

野島は腕時計に目を落とす。

「もう一時間以上になるわ」

夕雨子も自分の腕時計に目をやった。

「たしかに。三時半です」

「――三時半か」

繰り返す霊の、氷のような声。夕雨子の中に違和感が生じた。先ほどまでとはどこか違うと夕雨子は感じた。なんというか、人間味があるような気がする。

「何か、予定でもあるんですか？」

「――あ？」

まったく似合っていない髪形の下の顔が、不審に歪んだ。

「――俺に訊いているのか？　あるわけがないだろう」

「霊に予定なんてあるわけないでしょ」

馬鹿にしたように野島も言った。

「すみません」

野島はため息をついたかと思うと、霊のいるほうに向き直る。

「あんた、このまま私が名前を思い出さなかったらどうするつもりよ。私たちをここで餓死させる気？」

「──餓死か。それもいい」

「それもいい、って言っています」

「そのあとはどうするのよ。三人でこのエレベーターにとり憑いて、署のやつらを驚かせるっていうの」

「それは、困ります。……あ、これは私の言葉です」

「わかってるわよ」

つまらなそうに応える野島のそばで、夕雨子は霊のほうを向く。

「私たちを死なせても何の得にもなりません。あなたの未練は残るだけです。なんとか、野島さんに思い出してもらいましょう。そうしないと、あなたは向こうに行けません」

向こうっていうのは何だ？　成仏っていうことか？　そういう類の質問が返ってく

ることを想定して、答えを用意した。

少しの間のあと、彼の口から出てきたのは、まるで別の言葉だった。

「――よく言うぜ」

「はい？　何ですか？」

霊は、夕雨子から顔をそむけた。

「どうしたのよ」

「『よく言うぜ』だそうです」

野島は眉をひそめ、少し考えた。そして夕雨子の手を取り、霊に背を向ける。同じように彼に背を向けた夕雨子の耳に口を近づけると、あることを訊いた。

「……いや、そんなことはないと思いますけど」

「確かめてみよう」

野島はつぶやくと、くるりと霊のほうを振り向いた。

「安心しなさい。あなたのことは絶対に思い出す。この、野島ステ子の名に懸けて」

「――まあ、せいぜいやってみろ」

その反応に、夕雨子は驚いた。

「なんて？」野島がせっついてくる。

「『せいぜいやってみろ』と」

「〝ステ子〟のほうにはツッコミなし？」

「はい」

どうしてだろう。夕雨子は霊の顔を改めてじっと見る。

「──なんだ。どういうことだ？」

「あんた、私の知り合いじゃないでしょ？」

いつもの強気な態度を取り戻し、野島は見えない相手に切り込んだ。不思議そうな彼に、夕雨子は説明した。

「野島さんの下の名前は『友梨香』です」

「〝ステ子〟っていうのは、今読んでいる漫画の主人公の名前よ」

「──なんだって？」

「『断捨離ステ子の可燃恋』。あんたのせいで深夜チケットの期限、すぎちゃったわ」

野島は、楽しそうだった。

「そんなことより、あんたは私の下の名前を知らなかった。考えてみればあの電話からおかしかったのよ。『女の二人組を呼んでくれ』。なんでそんな変な言い方をしたのか」

自分が策にはまったことに気づき、霊は悔しそうに唇をかみしめている。

「署長にとり憑いて電話をかけたまではよかったけれど、あんたは私の名前を知らなかった。『大崎とその相棒』と言ってもよかったけれど、年下の大崎のほうを代表のように言うのも不自然だと思った。それで『女の二人組』と言ったのね？　大崎。どう、やっぱりあんたの知り合いでしょ」

「それが……、さっきから考えているんですけど、思い出せません」

夕雨子はなおもその顔をじっと見る。どこかで見たことがあるような気がしてきた。だが、どこで……。

「警察関係者の中から考えなさい。署長室の位置を知っていたことから考えて、中野署の人間の可能性が高いわ」

「中野署の私の知り合いで、配属されてから亡くなったのは、竜《りゅう》さんしかいません」

「じゃあ、警察に入る前にお世話になった相手」

「大学を卒業するまで、警察とは無縁の生活を送ってきました。中野なんて、来たこともなかったですし」

「じゃ、警察学校」

「警察学校……」

頭の中で引っかかっていた何かが、その瞬間ばっちりと符合した。

霊の髪形を直視する。分け目が額から頭頂部に向けて斜めになっているこの独特の髪形は、わざとではない。

「それ、かつらですか？」

彼はとっさに頭に手をやった。

「何？　かつらを被った霊？　そんなの、いる？」

「ちょっと静かにしてもらえますか、野島さん」

夕雨子は彼の髪が見えないように手をかざし、その顔を見た。ああ、見覚えがある。西日の差し込む、畳の敷かれた部屋……、警察学校の柔道場だ。記憶の中から彼の名を引っ張り出す。

「……思い出しました」

彼は、じっと夕雨子を見ている。

「宮坂《みやさか》教場の、小日向満《こひなたみつる》さん」

8

警察学校に入った生徒は皆、「教場」と呼ばれるクラスに振り分けられる。寮の個室を与えられ、朝八時から夕方四時までの授業はこの教場単位で行動することになる。ただ、柔道や剣道といった武術の実務訓練ではいくつかのクラスが合同で行うことがあるのだった。厳しい警察の世界では、武術は男女の差なく同じ道場で指導される。

夕雨子が小日向に初めて会ったのは、入学してから二ヵ月ほどが経ったある日の、柔道の授業のあとだった。忘れ物をした夕雨子が道場に戻ると、一人の柔道着姿の男性が壁に背を預けて座っていた。右足を立て、しきりにくるぶしのあたりをさすっている彼は、頭が禿《は》げ上《あ》がっていて、顔はだいぶ老けていた。

「す、すみません」

夕雨子は背筋を伸ばした。教官の一人だと判断したからだった。

「私、タオルを忘れまして、取りに戻った次第であります」

「なんだよ。その畏《かしこ》まったしゃべり方は」

おかしくもなさそうに彼は言うと、顔を痛そうに歪め、くるぶしに目をやった。そのとき、夕雨子は彼の帯が白いのに気づいた。教官の帯は黒と決まっている。

「私、西本教場の、大崎夕雨子といいます」

おそるおそる自己紹介をすると、彼も返した。

「宮坂教場、小日向満だ」

「え。ということは、学生ですか」

「そうだよ。教官だと思ったのか。この頭だからな」

そこでようやく彼は笑い、頭をぺちんと叩く。

「すみません」もう一度謝りながらも、彼を見る。警察学校への入学は、三十五歳までの年齢制限がある。どう見ても四十代だった。

夕雨子の視線の意味がすぐにわかったのだろう、彼は口角をあげて自嘲気味に言った。

「これでも三十四歳。ギリギリ入学が許される年齢だ。周りはみんな若いやつばかりで、浮いちまってるけどな」

なんといっていいのかわからず、夕雨子は黙っていた。

「一人だけおっさんの俺をどう扱ったものか、みんな困っている雰囲気が伝わってきてつらいよ。無駄に社会経験がある分、一般常識やなんかが頭一つ抜けているのもまた、みんなを遠ざける一因になってるってわけだ。体力はまったく他のやつらに追いつかん。さっきもこうして足を捻ってしまって」

「立てないんですか？」

「立てないことはないが、平気とは言えないな。教場のやつらは何も言わず、行っちまった」

夕雨子は同情し、彼のそばに近づいた。

「肩を貸しますよ。医務室まで、一緒に行きましょう」

一人で行けると言い張る小日向に無理やり肩を貸し、夕雨子は医務室まで同行した。道々、小日向が以前は電機メーカーの社員をしていたこと、退屈な日常に嫌気がさしていた頃、路上でいざこざに巻き込まれて警察官に助けられたことなどを聞いた。

「それで、警察官になろうと思ったんですか」

「そうだが、思いつきで行動に出たことを、今はたまに後悔している。俺みたいなのが、警察官になっていいものかどうか」

「大丈夫ですよ。私だって、同じようなものですから」

励ましつつ、医務室までやってきた。小日向は礼を言った後で、不思議そうな顔をした。

「ところで君、タオルはどうしたんだ？」

「あっ」

夕雨子は挨拶もせず、再び道場へ走った。

*

「でも、話したのは、あの一回きりですよね」

夕雨子は、かつらをかぶった小日向の霊に訊ねる。小日向は、悲しそうなため息をつき、首を振った。

「――違うよ。実務修習の配属先が決まったとき」

「実務修習。ええと……ああ！」

大卒で警察学校に入った場合、教育期間は六ヵ月と決まっており、そのちょうど中間にあたる三ヵ月目に実務修習がある。実際に制服を着、貸与された拳銃を身に着け、交番勤務をするのだった。夕雨子は北区にある滝野川《たきのがわ》署管内の交番勤務が決まったが、そのとき食堂でぼんやりしていたら、小日向が話しかけてきたのだった。

どこに配属された？　滝野川署です。小日向さんは？　その程度だったが、たしかに会話を交わしていた。

「そういえば、中野署管内の交番に配属されたって。本町四丁目の交番でしたっけ……あ、実務修習が終わった後も一度、話しませんでしたか。たしか、お婆《ばあ》さんを助けて感謝されて、ようやく警察官としてのやりがいというものがわかりかけてきたって」

「――やっと思い出したか」

「なるほどね。それで中野署のことを知っていたってわけ」

夕雨子の言葉から得られる断片的な情報をもとに、野島は察していた。

「でもわからないわね。実際の配属先は中野署じゃなかったわけでしょ？」

「そうですね。小日向さんは、どこに配属されたんでしたっけ？」

「——武蔵野署《むさしの》だ」

吐き捨てるように小日向は言った。少し明るくなった声が、また冷たくなった。

「——俺の警察官人生は真っ暗だった。俺のことを常に見下し、笑いものにすることで課の団結力を高めようとする年下の上司が一人いたんだ。父親は警察官僚らしく、同僚たちは皆嫌がっていながら、あいつに逆らえずにいた。毎日、ベッドから起き上がるのがしんどかったよ。胃が締め付けられるように痛くてな」

小日向の辛さが、ひしひしと伝わってくる。

「——独身の俺には相談する家族もいない。心を打ち明けられる友人もいない。……たまの休みに、町へ出かけるのが俺の唯一の楽しみだった。鉄道模型が趣味でさ、立川のデパートの模型売り場まで行って、Nゲージを走らせるんだ。二週間前のあの日も、そうするつもりだった」

自分の頭を、小日向は叩く。

「——街へ出るときはこれを被るんだ。普段の冴《さ》えない警察官じゃない自分になるためのアイテムだ。あの日も鏡の前でひげをそって、こいつを被った。そしていざ出かけようというときになって、後頭部に強烈な痛みを感じた。バットで思い切り殴りつけられたような」

「後頭部を、バットで？」

「──他に誰もいない部屋で俺は倒れた。携帯がベッドに置きっぱなしなのを思い出して、這ってそこまで行こうとしたけれど、全身がしびれてまったく動けなかった。目の前が暗くなって──、気づいたら、うつぶせに倒れた自分のすぐ脇に立っていたんだ。西日が部屋中を満たしていて、夕方だということがわかった」

「いったい、どういうことですか。誰が小日向さんを殴ったんですか？」

「くも膜下出血ね」

野島が口を挟んだ。今夜どこかで聞いた言葉だ。

「後頭部をバットで殴られたような激痛。くも膜下出血で倒れた人はよくそういうのよ。すぐに病院に運んで処置をすれば助かることもあるけれど、発見が遅れれば確実に命を失うわ。事前の兆候もなければ、倒れたときの外傷もない」

「──なんでもよく知ってる相棒だな」

寂しげにつぶやく小日向。夕雨子は今夜どこでくも膜下出血という言葉を聞いたのか、思い出していた。健康診断のチェックをしに来た鎌形が言っていたのだ。

「二週間前、国分寺の独身寮で亡くなった警察官って、小日向さんだったんですか？」

「──そうだ。俺は倒れた自分のそばで、一晩中座っていた。自分が死んだことはわかっていた。俺の人生は何だったのか。せっかく警察官になれたのに、結局会社にいた頃と同じく人間関係の汚さの渦の中で木の葉のように翻弄されて朽ちていっただけだ。警察官として、世のため、誰かのために働きたかった。そんなことをずっと考えていた。俺が発見されたのは翌朝。同僚が部屋を見に来たんだ。一応、病院についていったが、手遅れなのは、自分が一番よく知っていた」

「そのあとは、どうしたんですか」

「——どうすればいいのかわからず、漂っていた。でも、自分自身に何か後悔があるんだろうと思った。死んでなお、この世に留まり続けている自分にも、警察官として何かできることはないか。そう思ったんだ。だが、勤務していた武蔵野署へ行く気にはなれなかった。思い出したのは、まだやる気に満《み》ち溢《あふ》れていた実務修習のことだった。あの、お婆ちゃんの笑顔だ」

「ということは、本町四丁目交番に？」

小日向はうなずいた。

「——この二週間、ずっとな」

幽霊は眠ることはないし、疲れることもないらしい。小日向のいう「ずっと」とは、毎日二十四時間まるごとという意味だった。

「ちょっと待って」

　野島が口をはさむ。

「本町四丁目交番っていえば、村岡華の事件のときにも関わっていなかった？　通報を受けて初めに駆け付けていたの、佐々木だったよね」

「そうでしたね。……あっ、そういえば」

　現場を訪れたときの光景が、夕雨子の頭の中によみがえった。野島にストールをむしり取られてすぐに……

「私あのとき、ブロック塀に消えていくもう一体の霊の影を、見たんです。あのときは一瞬だったし、お墓も近いので関係ない方だと思っていたんですけど、あれは……小日向さん？」

「——俺も驚いたよ。現場についていったら、中野署から駆け付けたのが、見覚えのある顔だったからな」

　小日向は、おかしそうに笑った。

「——そして、大崎が俺のような者の姿を見ることができ、話もできることを知った」

「声をかけてくれればよかったのに」

「——俺のことなんか忘れていると思ったし、忙しそうだった。いや、それよりも何よりも、しっかり現場に出て、警察官として働いている大崎が、まぶしくてな」

そうだったのかと、いろいろな思いを反芻する時間がすぎた。

「あらかたの事情はわかったんだけど、まだ一番重要なことを聞いていない」

野島が言った。

「あんた、なんでこんなことをしたの？　大崎に名前を思い出してもらいたかったら、本人の前に姿を現して問いただせばいいだけでしょ」

「たしかに」

夕雨子は小日向の顔を見た。正体を明らかにし、洗いざらいしゃべったようでいて、まだ何かを隠しているような顔だった。

「小日向さん。どうして野島さんまで巻き込んで、私たちをエレベーターに閉じ込めるなんていうことをしたんですか」

小日向は答えない。それどころか、

「──今、何時だ？」

関係ないことを訊いてくる。

「三時四十五分です」

「──あと十五分、いや、二十分はここにいてもらう。安心しろ。そのあとは必ず解放する」

そう言ったきり、口をつぐんでそっぽを向いた。

9

「あと十五分？　四時ぴったりまでここにいろというの？」

夕雨子の報告を受け、野島が眉をひそめる。

「二十分は、ともおっしゃっています」

「四時前後に何かが起こるということなのね」

「小日向さん。何が起こるんですか？」

小日向は口をつぐんだままだ。

「だめです。何も答えてくれません」

「仕方ないわね。今ある情報から、考えよう」

野島はすっかり、推理をする構えだった。

「大崎。幽霊って、人間よりも早く動けるんだっけ？」

何のヒントになるのかわからない質問だ。でも、野島がこういう目をしているときは、あれこれ詮索せずに簡潔に答えたほうがいい。

「はい。個人差はありますけど、すーっと滑るように動くので。皆さん、壁もすり抜けられます」

「予知能力は、ないわよね？」

「ないですよ。生前にそういう能力がある人なら知りませんけど、私は会ったことがないです」

「じゃあ小日向はどこかで、四時に何かが起きる計画を耳にしたっていうことよ」

びくり。小日向が震えた。正解のようだ。夕雨子は必死に考える。その時間、小日向はどこにいたか。本町四丁目の交番——

「あっ！」

夕雨子は思わず声をあげた。

「昼間の午後一時すぎに、灯油がまかれたあの事件」

「私もそれを考えていた」

野島は腕を組み、エレベーターの壁に背中を預ける。

「小日向も事件が起きたときそこに居合わせた。そして、自分の姿が見えていないのを利用して、自転車で逃走する犯人の男を追いかけた」

人間よりも早く動けるのかと聞いていた理由が夕雨子にもはっきりした。自転車のスピードくらいなら、追うことができるだろう。

「犯人のアジトを突き止めた小日向は、そこで彼が、午前四時に何かをしようとしている計画を知った」

「でも」夕雨子は言った。「それでも私たちをここに閉じ込める理由にはつながりません」

「……そうよね」

野島も頭を掻きむしる。

「あー、何かもっと、情報はないの？」

「あの、これは関係ないことかもしれないんですけど」

「何？　なんでも言ってみて」

野島は充血しきった目を、夕雨子に向けた。

「《下田銃砲火薬店》は関係ないんでしょうか」

一瞬きょとんとした野島だが、すぐに二時すぎにかかってきたあの電話のことを思い出したようだ。

「あの通報が何の関係があるっていうの？」

「あそこに押し入ろうとしている犯人が、昼間の犯人と同一人物であるとか」

「どうしてよ。犯人は警察に恨みを持っているわけであって、上高田の銃砲火薬店は関係ない」

「そうなんですけど……」

「それに、どうしてそれが、私たちをエレベーターに閉じ込めることと関係あるというの？」

「だからそれは……、やっぱり、関係ないですね」

「いや」

野島が人差し指を立てた。夕雨子の言葉に、何かを気づかせるきっかけがあったようだ。二秒ほど考えたあとで、

「ああ」

と、すべてがつながったような顔をした。そして、小日向のいるほうを見る。

「彼の目的は私たちを閉じ込めることじゃなく、大崎を刑事課の部屋から離れさせることだったとしたら」

びくり。小日向の体が揺らぎ、夕雨子の背筋に寒気が走る。

「そう考えたら、今夜起きたことの説明がすべてつくわ。昼間の犯人は、四時に刑事課で何かを起こそうとしている。それを知ったあなたは、大崎だけは助けたいと思った。《下田銃砲火薬店》への予告電話は、現場の警備に刑事を出動させ、刑事課を手薄にするための犯人の嘘。あなたとしては大崎がこの嘘に引っかかって現場へ出てくれればそれでよかった。あなたの思惑どおり、私は事件にとびつき、大崎と共に出ていこうとした」

小日向の目が、ちらりと野島のほうに向けられた。野島は続ける。

「ところが、藤堂課長が私たちの出動を許さなかった。このままでは大崎が四時の事件に巻き込まれてしまう。それであなたが考えたのが、あの〝署長からの呼び出し電話〟だった。深夜までの仕事で疲れていた署長にはとり憑きやすかったのかしらね。まんまと私たちをエレベーターに閉じ込めたあなたは四時ぴったりまで、私たちを閉じ込めておくことにした。姿を現しても反応のない大崎を見て、完全に自分のことを忘れていると判断したあなたは、大崎が思い出す前に、姿の見えない私の知り合いだというふりをして、自分のことを思い出させようとした。すべて時間稼ぎよ。知るはずもないあなたのことを、私が思い出せるわけがないもの」

野島は口を閉じると、何か間違ったかとでも言いたげに、見えない相手を睨みつけた。小日向は黙っていたが、やがて、夕雨子に向かって言った。

「――大したもんだな、君の相棒は」

推理は当たったようだった。だがむしろ、夕雨子の心の中のざわめきは増していた。

「四時に、何が起きるんです？」

「――須黒紘一《すぐろこういち》。部屋にあったガス料金の請求書によれば、そういう名前だ」

夕雨子の質問に答える代わりに、小日向は言う。

「――交番に灯油を撒《ま》いて逃走した彼は、自転車で警察官たちをまいたあと、渋谷区のアパートに帰った。灯油の入ったポリタンクが玄関のたたきにたくさん並んでいる、見るからに危険な部屋だった。奥の六畳間の壁には、中野区の地図と、新聞の切り抜きが貼ってあった」

「新聞の切り抜き……？」

「――三年前、中野署管内の南台《みなみだい》で起きたアパート火災の記事だった。火元の部屋の主として須黒の名前があった。彼はその日料理中、調味料がないのに気づいて、ほんの五分くらいのつもりで鍋を火にかけたまま近所のスーパーマーケットに自転車で出かけた。途中、警察官に呼び止められ、自転車の防犯登録の確認を取ったところ、名前が合わなかった。帰省中の友人から借りていた自転車だと説明したが、警察官は信用せず、彼を交番まで連れていって書類を書かせた。その間に、部屋から出火したというわけだ」

火を出した須黒は当然、金銭的な責任を負っただろう。小日向はそう言った。何もかも、あのとき警察がつまらないことで自分を長く拘束したためだ。その逆恨みは歪み、警察への復讐心は膨らんでいった。

「――やつは計画を記したノートを開き、目をらんらんとさせて、『今日だ。今日だ』とつぶやいていた。どこで知ったのか、中野署の正確な見取り図が記されていた。須黒は今、工事関係の会社に勤めているらしい。勤め先の大型トラックを使い、中野署の一階に突っ込み、三階へ駆け上がって刑事課に灯油を撒いて火をつけるつもりだ」

夕雨子は血の気が引く思いで、聞いたことを野島に伝えた。

「なんて馬鹿なことを……」

野島は舌打ちをしたかと思うと、小日向に向かって言い放った。

「私たちをここから出しなさい」

「――危険すぎる。君たちはここにいたほうが安全だ。俺は、君たちを守りたい」

「ここのほうが安全だと言っています」

「『安全』ですって？」

野島の目がギラリと光った。

「警察官にとってそんなに不名誉な言葉はないわ。たとえ身を挺しても、今起こりつつある犯罪を防ぐべきでしょ」

小日向は動じない。夕雨子は焦った。時間がない。何か、自分も小日向を説得する言葉を。でも、何を言えばいいのか――

「後悔します」

口をついて出た言葉に、小日向はぴくりと動いた。

「――後悔？」

「今、その須黒という人の犯行を食い止めることができなければ、きっと後悔します」

「――それで死んでしまったら、君たちはもっと後悔する。死者が言うんだから間違いない」

「私たちのことではありません。小日向さんのことです」

「――俺の、こと？」

「警察官を長くやっていれば、後悔はついてまわる。野島さんは私にそう教えてくれました。でも、できることなら、仲間が後悔を抱えるのは回避させなければならない。これは、警察官としての当然の想《おも》いです」

心に思いつくことを、まとまりのないまま言葉にしていく。

「私と野島さんは今日後悔の原因が生まれても、それを抱えてまだ刑事を続けていける。でも、小日向さんは違います。今日もしまた後悔を抱えたら、それを乗り越える機会もなく、この世に留まり続けることになります。私は、小日向さんに後悔を抱えてほしくはないんです」

夕雨子は、かつて同期として共に学んだその霊の目を見つめた。

「小日向さんが、私を助けるために行動を起こしてくれたように、私は、小日向さんを助けるために行動したい。エレベーターを動かしてください」

「――う、う」

小日向は頭を抱えて震えだす。

「早くっ！」

野島の怒号と共に、エレベーター内の照明が明滅し、やがて灯《あか》りがついた。エレベーターはゆっくりと下降し、三階で停まる。ドアが開いた。野島は何も言わずに飛び出した。

「小日向さん、ありがとうございます」

夕雨子は小日向に頭を下げると、野島の後を追った。

10

「課長！」

刑事課には藤堂課長と鎌形しか残っていなかった。あのあと再び《下田銃砲火薬店》に犯行予告が入り、皆そちらに出払ったのだという。

「なんだお前ら、ずいぶん長かったが、説教でも食らってたか？」

「署長室に、不穏な電話が！」

課長の机へ向かっていく野島。

「今からトラックで中野署に突っ込むから覚悟しておけ。三十代の男の声でした。いたずらではないと思われます。すぐに対応を！」

野島の鬼気迫る表情は、嘘だろ、と言わせないほどの緊迫した雰囲気になる。本当にこういう即興の嘘の上手い人だ。能力を藤堂課長に知られるのは夕雨子の本意ではないし、そもそも課長は、そんな荒唐無稽な話を信じるような人ではない。

「わかった。しかし、見てのとおり人がいない」

がらんとした室内。鎌形が頼りなさそうな顔をこちらに向けているだけだ。時刻は三時五十五分をさしていた。

「直ちに警察車両を道路へ。トラックが突っ込んでくるのを防ぐんです」

「車両はすべて、銃砲火薬店のほうに出払っている」

藤堂課長は焦っていた。

「ち、地下倉庫にバリケードがあるはずです。それを引っ張り出してきましょうか？」

鎌形が提案するが、

「そんな暇はないわ！」

野島は言い放ち、すぐさま夕雨子のほうを向いた。

「交通課からありったけの発煙筒を借りてくるのよ！」

二分後、交通課の夜勤の面々にも協力を仰ぎ、夕雨子たちは発火させた発煙筒を、車の通りがまったくない青梅街道に撒いた。

轟音《ごうおん》をあげてトラックが走ってきたのはその直後だった。夕雨子たちは歩道に避難している。ものすごい勢いで迫ってきたトラックだが、煙を吐き出し続ける数十の発煙筒を前に、異常を感じ取ってブレーキをかけた。すかさず野島が駆けだす。

「あっ、野島さん！」

夕雨子は追い、藤堂課長と鎌形も続いた。野島は運転席によじ登り、その窓を叩いていた。

「開けなさい、開けなさい！」

迫力に押されてか、ドアが開いた。野島は強引に運転席に身をねじ込ませる。

「須黒紘一ね？」

「えっ……」

「今日の午後一時すぎ、中野区本町四丁目の交番に石油を撒いた罪で指名手配されているわ」

「な、なぜ俺だと」

「いいから、出てきなさい！　こいつっ！」

須黒紘一は野島にヘッドロックをされながら、引きずり出された。

藤堂課長と鎌形に両脇を押さえられ、建物内へと連行されていく須黒。野島と二人でそれを見送りながら、夕雨子はようやく安堵のため息をついた。

＊

「間に合いましたね」

野島に話しかけた瞬間、ぶるりと体が震えた。ストールを取り、後ろを振り返る。

小日向がいた。

「——すごいな、君たちは」

ため息をつくように、小日向は言った。

「どうなることかと思いましたよ。でも、警察官ですから」

「——楽しいか、毎日」

夕雨子は少し考えた。

「楽しいと思ったことはないです。大変で、つらいことも悲しいことも多いですし、本当は早く、刑事課なんて外れたいと思っていました。でも最近は違います。自分がやるべきこと、役に立てる方法がなんとなくわかってきました。それに、信頼できる相棒もいます」

「――ずいぶん、堂々としてるな。あの日、道場で話しかけてきた大崎夕雨子とは思えないよ」

小日向の体を金色の光が包みはじめる。彼は微笑んでいた。この瞬間の寂しさにだけは、慣れることはない。

「――大崎、俺の代わりに、充実した警察官人生を送ってくれ」

「任せてください。小日向満さん」

その名前を呼び終わったときには、彼の姿はもうそこにはなかった。

「彼、なんて?」

野島が訊ねた。

「『俺の代わりに、充実した警察官人生を』と」

「毎日、充実してるじゃないね」

夕雨子は野島の顔を見た。野島も夕雨子に目をやり、しまった、というような顔をした。

「うそうそ、今のは。本庁に戻るまで、充実なんて言えない」

「本当は所轄の仕事も楽しいと思ってきたんじゃないですか」

「馬鹿言わないで。あーあ、早朝チケット取らなくちゃ」

わざとらしくスマホを操作しながら署内に向かう野島。夕雨子は微笑み、その背中を追いかけた。

第四話　ハチミツの雨は流してくれない

1

「ちょっと、こっちを見てくれ」

　午前八時。藤堂課長が刑事課一同の注目を集めた。右手には、資料らしき紙が握られている。

「池袋署からの情報共有要請だ。昨晩二十三時すぎ、行方不明者届が出された」

　藤堂課長はなぜか、ちらちら夕雨子のほうを見てくる。……いや、違う。夕雨子の隣でその話に耳を傾けている野島を見ているようだ。

「行方不明になったのは鳥山愛奈《とりやまあいな》、女性、二十三歳」

　野島が反応するのが、夕雨子にはわかった。いったい、なんだろう。

「渋谷区代官山《だいかんやま》のデザイン会社に勤務している。昨晩七時、さいたま市在住の両親と食事をする約束をし、池袋駅で待ち合わせをしていたが、時間をすぎても来ず、連絡も取れなくなった」

心配した両親は彼女が一人暮らしをしている西池袋のアパートへ行ったが、不在だった。その前で二十三時まで待ったが一向に帰ってこないので交番に駆け込んだのだという。

「課長、それがいったいどうしたというんですか」

棚田健吾が声を上げた。

「そんな届出は、うちの管内だって日に何件も提出されています。若者の場合、三日後くらいにふらりとまた現れることも多い。他の所轄のことまで構っていられません」

「普通の失踪事件ならそうだ。しかし、鳥山愛奈に関しては違う」

藤堂課長は棚田をたしなめるように言った。

「彼女は、スモーキー・ウルブズのボーカル、小西康の恋人なんだ」

棚田は返す言葉を失った。刑事たちの視線が野島の顔に集中する。野島は表情を変えず、課長のほうを見ている。

「知ってのとおり、事件の第二の被害者は花形刑事局長の息子だった。本庁は事件の解決に力を入れている。今回の失踪事件が、スモーキー・ウルブズの事件に直接関わっているのかどうかはわからんが、彼女についての情報が入った場合は、すぐに私のところへ報告するように。いいな」

「はい」

一同は声をそろえる。

「野島、大崎、ちょっとこい」

藤堂課長が手招きをする。他の刑事たちは二人を気にしながらも、各自の仕事に戻っていった。

スモーキー・ウルブズは、かつてアマチュアバンド界で人気を誇ったロックバンドである。そのボーカルである小西康が、六本木のライブハウスに出演中、客席の最前から発射されたピストルの弾で命を落としたのは二年前の冬のことだ。撃った十九歳の青年、小川たけとはその場で拘束されたが、その後、同バンドのギタリストの花形翔太と、ドラムの名取一矢も殺害された。

小川の証言により捜査線上に浮かんだのは、かつてスモーキー・ウルブズと同じライブハウスに出演していた猿橋宏というバンドマンだった。猿橋自身の所属していたバンドはすでに解散し、成功の道を進む彼らを激しく妬んでいるとのことだ。また、猿橋は麻薬に手を出していて、反社会的勢力とのつながりも明らかになっている。

野島は当時、捜査に関わっており、猿橋が来店するとタレコミのあった西麻布のバー《ライヒ》を包囲する作戦に参加した。首尾よく《ライヒ》に押し入ったはいいものの、野島は大きなミスを犯してしまう。かつて自分が逮捕し損ねた別の事件の犯人を見つけ、そちらに気を取られて猿橋を取り逃がしてしまったのだ。

店の裏口から逃げた猿橋はあろうことか、野島の同僚である刑事、鹿野川祥吾を撃ち、逃走した。野島はその責任を取らされる形で、警視庁から中野署の刑事課へ異動になったのである。

「いいか、わかっていると思うが」

夕雨子と野島がデスクの前にたどり着くなり、藤堂課長は顔を歪めた。こちらが何も答えない前から説教をするような構えに見えた。

「鳥山愛奈の件には首を突っ込むな、でしょ」

野島はわかっているとでもいうように、吐き捨てる。

「そういうことだ。野島、お前があの事件に執着する気持ちもわかる。だが本庁からは、重大事件、ことさらあの事件にだけはお前を関わらせるなと言われているんだ」

「そうでしょうね」意外にも野島はものわかりがよかった。「安心してください。あの事件は私の中では封印しました。ご迷惑をおかけすることはありません」

「そうか……」

藤堂課長は夕雨子のほうに顔を向ける。

「大崎も、気を付けてくれ」

「わかりました」

デスクに戻ると、野島はペンをとり、書類処理を始めた。

「野島さん。本当に、何も関わらないつもりですか」

「……そんなわけ、ないじゃない」

野島の口元が歪む。

「鳥山愛奈の事情聴取には私も同行したことがあるわ。もともとファンとしてスモーキー・ウルブズを追っかけていたんだけど、持ち前の映像編集の技術を生かしてPVの制作を手伝ったことが縁で小西の恋人になった。彼女が作ったPVがSNS上で拡散されたことでバンドは人気が出たから、小西以外のメンバーとの絆も深いわ。小柄で痩せてて、小動物みたいな印象だった。猿橋はあれで腕っぷしが強いから、強引に襲いかかって車に押し込めばすぐに連れ去ることができる」

すでにそこまで考えていたのか。

「いずれにせよ、失踪したときの状況についての情報が足りないわね。大崎はすでに目をつけられているから」

夕雨子のデスクの上の消しゴムをさっとつかむと、野島は斜め前のデスクに向かって放り投げた。

「いたっ」

消しゴムは、鎌形の額に当たった。

「ちょっと、こっちに来なさい」

やってきた鎌形に、野島はより詳しい情報を課長から引き出すように命じた。いつの間にか彼のことを、野島は自分の直属の部下のように扱っているのだった。

2

鳥山愛奈が最後に人と会っていたのは、失踪する三日前の午後五時のことだった。その日、退社した彼女は代官山から西池袋のアパートに帰宅したと思われるが、翌日は在宅で仕事をする日だった。両親と食事の約束をしたのは一週間前のことであり、特に確認の連絡も取り合わなかったので、まる一日彼女の消息はわかっていない。つまり、失踪したのは三日前の午後五時から昨日の午後七時までと、かなり広い範囲であることが判明している。

事件後、彼女がどうしていたのかについて詳しい情報はないが、ライブハウスに出入りすることもなく、また、新しい恋人を作った様子もないとのことだった。

——鎌形がもたらしたこれらの情報に、野島は満足したのかしていないのか、「ありがとう」と言ったきり、考え込んでしまった。

いずれにせよ、事件のことをこれ以上調べることはできないし、まさか管外まで出向いて捜査するわけにもいかない。そんな野島のもどかしさが、夕雨子にも伝わってくるようだった。

状況が変わったのは、午後二時十分のことだ。きっかけは、一本の電話だった。

「はい、中野署刑事課……そうか。わかった。すぐ誰かを向かわせる」

藤堂課長は深刻な顔をしながら、受話器を置いた。

「東中野四丁目のコンビニエンスストアに、若い男性が押し入って立てこもっている。男は包丁でアルバイト中の男性に襲いかかった。怪我《けが》については今のところ報告がない」

加害者は男性を羽交い絞めにし、他の従業員に店を出ていくように命じ、今現在は立てこもり状態になっているらしい。

「加害者は被害者の知り合いで、『あまち』と名乗っている」

「あまち……？」

それまで無関心そうにしていた野島が、小声でその名を繰り返した。

「どうかしたんですか、野島さん」

「……いや、なんでもない。課長。そのコンビニ、私たちが行くわ」

藤堂課長は怪訝そうに野島を見返した。野島の顔は、血色を取り戻していた。

「暴走はしない。大丈夫よ。大崎と行ってきます」

「おい、棚田に早坂」

近くにいる二人を、課長は呼びつけた。

「お前たち、こいつらと一緒に行ってこい」

「俺たちだけで十分です」

「そうですよ。こいつらは邪魔です」

「いいんだ。少し仕事を与えたほうがいい。暴走しないようにお前たちが見張ってろ」

棚田は少し考え、

「行くぞ」

早坂を引き連れて外へ向かう。

「ありがとうございます、課長」

彼らを追うように、野島も出ていく。

警察車両二台で出動することになり、後方の車両はいつものように夕雨子が運転席、野島は助手席だった。

「やっぱり、私はあの事件に呼ばれているのかもしれない」

車を出すなり、野島が嬉しそうに言った。

「どういうことですか？」

「あんたも課長と同じね。スモーキー・ウルブズの事件の資料、しっかり読みなさい」

「読みましたけど」

「ピンとこないの？『あまち』っていう名前に」

前を行く棚田たちの車に引き離されないよう気を付けながら、夕雨子は考える。しかし、思い当たることはなかった。野島は言った。

「天地豪。保護された、スモーキー・ウルブズのベースの名前よ」

夕雨子の頭の中に、その活字が浮かんだ。

スモーキー・ウルブズは、ボーカルの小西康の他に三人のメンバーで構成されていた。そのうち、ギターの花形翔太とドラムの名取一矢は、小西が撃たれてから数日以内に殺害されている。ベース担当である残りの一人が危ないと目され、警察の保護下に置かれた。そのベース担当の名前が、天地豪だったのである。

「あれ、『あまち』って読むんですか。『てんち』だと思っていました」

野島は苦笑交じりのため息をつくと、先を続けた。

「天地の家は国立市にある。名取一矢のケースと同じように、警視庁と所轄が連携を取ってかわるがわる家を警護していたはずよ。なんだか警察が嫌いみたいで、何度も抵抗されたって聞いたけどね」

「その天地が、今向かっているコンビニの立てこもり犯だって言うんですか？　たしかに珍しい苗字ですけど、その人かどうか……」

「鳥山愛奈が失踪した直後に『あまち』っていう名前の男が暴れたのよ。しかも、この私がいる中野署の管内で。これは、運命としか思えない」

運命なんて気にする性格でしたっけ……という言葉は飲み込み、夕雨子はさらに疑問を投げかける。

「三人が殺されたのは二年前ですよね。どうしてまた今になって事件が動き出すんですか」

「それはわからない。ただ……、スモーキー・ウルブズはもともと、小西、花形、名取と、もう一人のベースが高校時代に始めたバンドだったの。高校を卒業してしばらく活動をした後で、そのベースが辞めて、そのときに小西が誘って加入したのが天地だったのよ。だから天地だけは他の三人と溝があったと証言する関係者がいたわ。ひょっとしたら天地と猿橋宏がつながっていたんじゃないかと考える者も」

「じゃあ、ひょっとして、真犯人？」

「さあ。天地本人はそれについてはずっと否定していたけどね。とにかく、急ぎましょう」

　現場のコンビニエンスストアに到着すると、人だかりができており、交番から駆け付けた二人の制服警官がそれを押さえていた。

　二人は棚田の姿を見るなり、背筋を伸ばして敬礼をした。棚田もそれに偉そうに返す。

「やっぱり天地豪よ。あの顔は忘れない」

　ガラス製の自動ドアから、中の様子を覗いた野島が言った。

　革ジャン姿の長髪の男性だった。コンビニの制服を着た青年の首を背後から絞め、右手に持った包丁をその首筋に突きつけている。何かを話しかけているが、アルバイト青年のほうは蒼白《そうはく》で、受け答えができていない状態だ。

「彼はかなり興奮しています」

　制服警官が、棚田に状況を説明していた。

「話を聞こうと私が一度中に入ろうとしたところ、『入ってきたらこいつを殺す』とすごい剣幕で」

「説得を試みるか。早坂、拡声器を持ってこい」

「はい」と早坂が車に戻る脇で、野島がずんずん自動ドアへと進んでいく。夕雨子は慌ててその手を取った。

「何、やってるんですか」

「天地と話をするのよ」

「お前は、今の話を聞いてなかったのか？」

夕雨子より先に、飛んできた棚田が怒鳴りつけた。

「やつは興奮状態にある。今入ったら、人質に怪我を負わせるかもしれないんだぞ」

「大丈夫。私、知り合いだから、彼と」

「はっ？」

予想外だったのだろう、棚田の目が点になった。

「まあ厳密には知り合いじゃないけど、共通の話題があるのよ」

「どういうことだ……おい野島、説明しろっ！」

棚田の質問に答える様子もなく、夕雨子の手を振りほどいて野島は自動ドアへ進んでゆく。ドアが開いた瞬間、中から強烈な冷気が出てきた……野島の反応を見る限り、夕雨子しか感じていないようだ。

二人の他に、何かがいる。夕雨子はストールを触る。

「な、なんだ、おい！　来るなって言ってんだろ！」

店の中では野島の姿を見た天地が髪を振り乱し、狂犬のようにわめき散らした。

「野島友梨香。こう見えても刑事よ」

「知るかよ！　警察は入ってくるんじゃねえ、嘘つきのくせに！　いや、警察だけじゃねえ。誰も入ってくるな！　こいつと話があるんだ！」

「天地豪。あなたのことは知っているわ」

フルネームを呼ばれた天地の表情が変わった。

「スモーキー・ウルブズの事件を担当していたの。まあ、今はわけあって外されてしまったけど。天地、あなた、どうしてこんな事件を起こしたの？」

「……お前に話す理由なんかねえ」

その声はいくぶん落ち着いていた。もう少し近くで聞こうと、夕雨子は野島の背後から近づいていく。

「入ってくるんじゃねえっ！」

怒号にびくりとし、あとずさりをした。自動ドアの脇にあった傘立てに足をぶつけてよろけてしまった。その瞬間、首からストールがはらりと落ちた。

夕雨子の目に、それが見えた。

包丁を持って興奮する天地豪の脇に、中学生くらいの男の子がいて、じっと天地を見つめているのだった。

3

「鳥山愛奈が失踪したのは知っている？」

怯むことなく、野島は天地に話しかけ続けている。

「うるせえ！」

「やっぱり知っているのね。それと、その人を襲うのと何か関係あるの？　ちゃんと話しなさい」

「――無理だよ、豪はこうなっちゃったら話なんか聞かねえよ」

少年の幽霊はため息をついた。態度がずいぶん大人びている。

顔立ちこそあどけないが、肩まで髪を伸ばし、タイトな黒いパンツに「FUNKY JUNKY BANANAFLY」という英字が書かれた白いTシャツを合わせ、肩からはエレキギターを下げている。生前、音楽活動にのめりこんでいたのは明らかだった。

「――ただでさえ、豪は警察が嫌いだからな」

フレットを押さえながら、焦げたように黒い指につまんだピックで弦をはじく。きぃーんという音がした。

「俺は、警察が嫌いなんだ！」

まるでその音に呼応するように、天地が怒鳴った。

「とにかく出ていけ！　出ていかねえと、本当にこいつをぶっ殺すぞ！」

包丁が人質の青年の首に食い込み、人質の青年が「ひいっ」と悲鳴を上げる。

「野島。今すぐ戻ってこい」

棚田が拡声器で叫んだ。

「警察があなたに何をしたっていうの？　あなたを守ろうとしているんじゃない」

「警察になんて、何も守れない！」

そのとき、夕雨子の脇を抜けて棚田が飛び込み、野島の腕を取って強引に出入り口のほうへ引き戻した。

「やめなさいよ。もう少しだったのに！」

「やつを刺激するな！　事情を話すように仕向けるんだ」

「今、仕向けていたじゃない。何かの理由で警察が嫌いなの」

二人の言い合いを聞きながら、夕雨子は少年に注目していた。何者なのかはわからないが、事情を知っているはずだ。とっさに思いつき、やまびこを叫ぶように、手を口の左右に添える。

「ファンキー、ジャンキー、バナナフライ」

少年の幽霊がはっとした様子で夕雨子のほうを見た。

「あっ？　なんだ、お前？」

天地が険のある目を向けてくる。その横で、少年は目をぱちぱちさせていた。その目を見つめ、もう一度繰り返す。

「ファンキー、ジャンキー、バナナフライ……のTシャツ」

「──俺のことが、見えてるのか？」

うなずき、小さく手招きをすると、少年は滑るように夕雨子のほうへ近づいてきた。

「あんまりナメたまね、すんじゃねえぞ！」

「すみません、こっちのことで」

天地に頭を下げ、自動ドアから飛び出す。やじうまをかきわけ、警察車両の陰へやってくると、少年もついてきた。

「──誰なんだよ、あんた」

「警視庁中野署刑事課の大崎夕雨子といいます」

「──刑事？　そうは見えねえな。中途半端な雑誌の読者モデルみたいだ」

生意気な子どもだ……という気持ちはぐっと抑え、敬語を続けることにした。

「あなたは？」

「——岩浜空太《いわはまくうた》。豪の従兄弟《いとこ》だ。こう見えても、あいつより二つ年上なんだぜ」

夕雨子は少しだけ驚いた。

「ということは、亡くなってから何年も？」

「——もう十二年になるかな。生きてりゃ、二十七歳だ」

それだけ長く経てば、普通の霊はあきらめて天に上っていくはずだ。

「この世に何か、深い未練を残しているんですか？」

すると彼は渋い顔をした。やっぱり長い間留まっているだけのことはあり、表情は大人だった。つむじを曲げられ、協力を要請できなくなったらまずい。ここは、質問を変えるべきだと即座に判断する。

「そのことは今はいいです。岩浜さん、天地さんがどうして警察を嫌うのか、理由を知っていますか」

「——もちろん。俺はあいつが四歳の頃から面倒を見てやってきたんだ」

機嫌を損ねるのは回避したようだった。

「——あいつが小学生の頃飼っていた、ミックっていうぶち猫がいるんだ。猫のくせに変に忠誠心の強いやつで、豪が皿に盛ったエサしか食べなかった。毎朝、豪が学校に行くときには、校門のところまでついてきたし、下校のときには校門のところでずっと豪が出てくるのを待っているのさ」

「猫がですか？　犬ならそういうのはありそうだけど」

「――それほど豪とミックは深い絆で結ばれていたんだ」

入浴も、寝るときも一緒で、見ているこっちが嫉妬しそうなくらいだったぜ、と岩浜は言った。

「――ところがある日の下校時刻、いつも待っているはずのミックの姿がなかった。豪が泣きそうな顔をしているんで、俺も一緒になって探したんだ。ミックはすぐに見つかったよ。通学路の一部の大通りで、死体となってな」

「死んじゃったんですか」

「――そうだ。ミックは豪を迎えに行く途中で轢《ひ》かれたに違いないんだ。泣き崩れる豪がいたたまれなくて、俺は一生懸命、聞き込み調査をした。それでわかった。ミックを轢いたのは、誰だったと思う？」

「さあ……」

岩浜は目を伏せ、やりきれなそうなため息を一つ漏らした。そして、また顔を上げた。

「――サイレンを鳴らしたパトカーだったというんだ」

「うそ」

「――豪は警察に足を運んで、ミックを轢いた警察官を出せと怒鳴った。だが警察の対応は冷たいもんだった。猫が轢かれたことになんかいちいち構っていられないってな。結局、ミックを轢いた警察官が名乗り出ることはなかった」

ひどい話だ、と夕雨子は胸を突かれる思いになる。共に住んでいた猫なら、家族も同然だろう。その命をあろうことか警察が奪ったのだ。

「――豪は荒れ、交番に火のついたねずみ花火を投げ込んだり、停まっている警察の自転車をパンクさせたりして何度も補導された。あいつの警察への恨みは根深いさ」

なんだか警察が嫌いみたいで、何度も抵抗されたって聞いたけどね。――車の中で野島が言っていたことを思い出した。それは、警察が嫌いにもなろうというものだ。

夕雨子はくるりと振り返り、コンビニへと走り出す。

「――おい、どうするつもりだよ、待てよ」

岩浜も追ってくる。

まだ睨み合っている野島と棚田の脇を抜け、夕雨子はコンビニに入っていった。

「何だよ、出ていけって言ったはずだろ。おれはこいつと話を……」

「ごめんなさい！」

夕雨子は頭を下げた。再び顔を上げたときには、目に涙が溜《た》まっていた。

「大事な……ミックの命を奪ってしまって」

天地の目が見開いた。

「あんたが……いや、違うだろ。若すぎる。でもなんで、ミックのことを」

「家族も同然のミックの命を奪われたあなたの悲しみ、怒り、悔しさは想像もできないくらいだと思います。警察は身内にいるその犯人を明らかにすることをしてくれなかった。困っている人を助けるのが警察の役目なのに、そんなの、ひどすぎる」

夕雨子の頰を、涙が伝った。天地は唇をかみしめる。

「私がその、轢いた警察官に代わって謝ります。謝って許してもらえるとは思わないけど、本当に、ごめんなさい」

「待て。待てって。……泣かないでくれ。いいんだ、もう」

「よくない。私も子どもの頃、大事な友だちを失ったの。友だちを失う悲しみは、いつまでたっても消えない」

あの夏、夕雨子の前から消えた公佳ちゃんの姿がぼんやりと頭の中に浮かんだ。天地の包丁を持つ手の力は、もうほとんど抜けていた。

「あなたはミックだけじゃなく、バンドの仲間も失った。私はあなたを助けたい。もし、スモーキー・ウルブズの事件と、今のあなたの行動に関連があるなら、話してほしい。私たち警察に、あなたの信頼を取り戻すチャンスをもう一度ください」

天地の手から包丁が落ちた。チャンスとばかりに人質の青年が天地の手を振りほどき、こちらに走ってくる。

「わぁぁぁ……」

天地は膝からくずおれ、両手の拳を床に叩きつけた。

4

事情聴取のため、天地は中野署へ連行されることになった。手柄がほしいのか何かしらないが、棚田が「俺たちの車で連れていく」と強引に引っ張っていった。帰りもまた、夕雨子と野島で、彼らの車を追うことになった。後部座席にもう一人を乗せて。

「――豪と俺は母親同士が姉妹なんだ」

エレキギターの弦をピンピンと弾《はじ》きながら、岩浜は語りかけてくる。

「――百メートルも離れないところに住んでいてさ、学校に行くのも毎日一緒だったし、週に二、三回はどっちかの家に泊まりにいってたかな」

「とても仲がよかったんですね」

「――ああ。『本当の兄弟みたい』って言われたことが何度もある。中学に入って俺が音楽をやり出したら、当然あいつも『やりたい』って言い出して。ギターも俺が教えてやったんだ」

「じゃあ、天地さんがミュージシャンになったのも、岩浜さんがきっかけだったんですか」

「――クウタでいいよ。さん付けで呼ばれるなんてくすぐったい」

気はずかしそうに岩浜は言う。

「――俺もお前のことユウコって呼ぶから。それから、敬語もやめてくれよな」

「まあ、それでいいなら……」

「なんで死んじゃったの？」

助手席から野島が口を挟んだ。猫のミックのことも含め、野島にはすでに事情を話している。

「――おい、この気の強そうな刑事は、俺が見えてないんだろ？」

「見えてないけど、私の受け答えから会話の内容はわかるの」

「もう慣れたわ」

野島が口元を緩めると「――大したもんだな」と岩浜も笑った。

「――高校一年の春だった。先輩からこのギターをもらったんだ。ところが先輩、メンテが全然で漏電してたんだ。家に持って帰ってアンプにつないだ瞬間、体中がしびれてブラックアウト。一人だったもんで誰も助けてくれずに、そのままこのザマだよ」

「エレキギターの感電のようです」

「へぇー。本当にあるんだね、そんなこと。それで、それ以来十二年も天地にとり憑いているってわけ」

「――とり憑いているなんて、人聞きが悪いな」

「人聞きが悪いと言っています」

「どうして成仏しないのよ。天地に恨みがあるわけでもないだろうに」

「――それは……、別にいいじゃねえか」

「話しにくい事情があるようです」

ありのままを野島に伝えながら、夕雨子の心の中にも複雑な思いが浮かんだ。けっして邪悪な霊じゃないけれど、長い間天地に憑いているということは何らかの事情があるはずだ。いずれ彼も向こうへ行けるようにしてあげなければ。

野島も夕雨子と似たようなことを思ったらしく、浅いため息をついた後で、「まあいいわ」と言った。

「天地がどうしてあんなことを起こしたのかの理由はわかるかしら」

「――今朝、豪は、国立の自宅にいたんだ。誰かからのメッセージを受け取った」

この問いには、岩浜はためらうことなく答えた。

「――あいつ、スマホを見るなり、血相を変えた。動画が再生されて、なんか、女の泣き声みたいなのが聞こえてて、俺も覗こうとしたんだけど、あいつ、すぐに画面を変えたんだ。そして、どこかに電話をした。たぶん、塩田《しおた》のところだ」

塩田というのは、さっき人質になっていた青年のことだ。スモーキー・ウルブズと同じ時期に渋谷のライブハウスに出入りしていた音楽仲間だということだった。

「──塩田が電話に出ないから、バイトだと思ったんだろう。家を飛び出して中野に向かったんだ。塩田の胸ぐらをつかんで、『愛奈はどこだ？』とわめいていたっけ」

「鳥山愛奈さんですね」

「──そうだろ。たぶん、メッセージに添えられていた動画に、鳥山愛奈が映ってたんじゃないか？」

夕雨子は野島に岩浜の証言を伝え、「鳥山さんは拉致・監禁されているんじゃないでしょうか」と言った。

「その可能性はあるわね。やっぱり犯人は猿橋でしょう。彼から、天地にメッセージが送られてきた」

ぬっと岩浜が二人の間に顔を出してきたので、夕雨子はぎょっとした。

「──ユウコ。なんか、いいもんだな、刑事って」

大人びたことを言って笑った。

＊

中野署につき、天地を連れた棚田たちと共に刑事課へ戻ると、藤堂課長が出迎えた。

「まさか、スモーキー・ウルブズのメンバーだったとはな。なぜコンビニ店員などを襲った？　鳥山愛奈の事件に関係あるのか？」

手錠をかけられた天地は、藤堂課長の問いにそっぽを向いた。

「今から取調室ではかせますよ」

棚田が言うと、天地は首を振った。

「お前たちにはしゃべるもんか」

「何だと？」

早坂が詰め寄る。

「俺は、警察は嫌いなんだ。あの人にしか言わない」

天地が顔を向けたのは、夕雨子だった。

「――ずいぶん、気に入られたみたいだな」

耳元で岩浜が笑う。

「どういうことなんだ？」

藤堂課長は棚田に問うが、棚田は唇を嚙んだまま首を振るだけだ。その肩を脇へ押しやり、野島が藤堂課長の前に進みでる。

「ご指名なんで、大崎が取り調べを行いたいと思います。調書は私が取ります」

棚田から奪うようにして天地の腕を取り、取調室のほうへ連れて行く。藤堂課長も棚田も早坂も、その姿を見送るだけだった。

取調室に入り、無機質な机を挟んで、夕雨子は天地と向かい合う。壁際の机についた野島が、記録用のノートパソコンを開いた。

「改めまして。大崎夕雨子です」

夕雨子はおずおずと自己紹介をした。メインで取り調べをするのは初めてだった。

「ミックのことを謝ってくれた警察官は、大崎さん、あんただけだ」

意外にも礼儀正しく、天地は「大崎さん」と呼んだ。

「しかも、泣いてくれた。ありがとう」

「つい感情的になってしまいました。お礼を言われるのは恥ずかしいです」

天地は口元を緩めた。

「それでは早速始めましょう。ええと、こういうのは何から……」

つい、野島のほうを見てしまう。野島は助け船を出すそぶりを見せず、好きにやりなさいとでも言いたげにニヤニヤと笑っているだけだった。雑談をして緊張感をほぐそうかと思ったが、話題が思いつかない。単刀直入に訊ねることにする。

「今朝スマホにきたというメッセージのことから教えてもらえますか？」

「えっ？」

天地は目を見開いた。

「どうかしましたか」

「大崎さん、どうして俺が塩田を襲ったきっかけが、今朝のメッセージだって知ってるんだ？」

「だってさっき……」

と言いかけて気づいた。この事実は、背後に浮いている岩浜空太から引き出したものだった。

「だいたい、不思議なんだよな。ミックのことも知ってるし、さっきも『FUNKY JUNKY BANANAFLY』なんて口走るし。もう十年以上前に解散したバンドだぜ。過激な歌詞なのにやたら甘ったるいボーカルで、俺は全然好きじゃなかった」

「――わかってねえな、豪は。あれがいいんだ」

「メジャーデビューはできなかったはずだぜ」

「――できなかったんじゃねえ、しなかったんだ。だいたいあの事務所は……」

「大崎さん、あのバンドを聴いていたのか？」

「ええと……そうですね……」

取り繕っても、深く突っ込まれたらどうせボロが出る。もういい、と夕雨子は思った。

「岩浜空太さんに教えてもらったんです」

また天地は驚くだろう。何を言っているのかとまた怒り出すかもしれない。説明をしなければ……と思っていたが、驚いたのは夕雨子のほうだった。

「やっぱり」

「はい？」

「クウタだと思ったぜ。あいつ以外の口から聞いたことねえよ、ＦＵＮＫＹ　ＪＵＮＫＹ　ＢＡＮＡＮＡＦＬＹ。大崎さん、見える人だろ？」

「信じるんですか、そういうの」

「ああ。霊感っていうの？　自分にはないと思ってるんだけど、前からときどき、クウタに見られているような気がするんだ」

それなら話は早い。夕雨子は自分の脇に来るように岩浜に手で指示をした。

「亡くなってからずっとそばにいるそうです」

「マジで？　いるのか、ここに？」

「すぐここに」夕雨子は自分の左を示す。

「――伝えろ。ファンバナは史上最高のアマチュアだ。プロになるより、伝説になるほうを選んだのさ」

「ファンバナは最高で、プロより伝説を選んだと」

あはははと天地は笑う。

「ファンバナ、久々に聞いた。そんな略し方するやつ、クウタ以外にいない。最高だぜ大崎さん。俺はあんたに全部話す。俺のスマートフォンはあるか？」

「ここにあるわ」

棚田から預かってきた荷物を野島が渡した。天地はスマートフォンを取り出すとロックを解除し、机の上に置く。夕雨子は野島と二人で、画面をのぞき込んだ。

『鳥山愛奈は俺が預かっている。

今夜二十三時、レインボーに来い。

二十三時より一分でも早く、また一分でも遅れることは許さない。

警察には知らせるな。一人で来い。

裏切れば鳥山愛奈を殺す。

お前たちの罪を、ハチミツの雨は流してくれない。　S』

メッセージには動画が添付されており、天地がタップすると動き出した。

〈助けて、助けて、助けて――〉

写真で見た鳥山愛奈だった。胸から上しか映されていないが、椅子に縛り付けられているようだった。そして彼女の頭上から、何やらとろりとしたものが落ちてきて、顔に垂れている。映像はわずか九秒だった。

「S、というのは猿橋宏のことでしょうか」

夕雨子が問うと、

「そうだろう」

天地は首を振り、両手を机に叩きつけた。

「康も翔太も一矢もみんな、あいつに殺された……。次は俺の番だ。猿橋は俺を引き出すために愛奈を……。愛奈の居場所は猿橋には知られていないはずだった。誰が漏らしたのか。塩田しかいないと思ったんだ」

スモーキー・ウルブズと親交の深かった塩田は鳥山とも面識があり、同じ町内に住んでいたためによく家まで送っていたという。塩田は猿橋とも知り合いで、よくつるんで遊んでいた。事件後、鳥山愛奈が西池袋に引っ越したことについて、塩田は知っていたという。

「それだけのことで、あんな問い詰め方をしたの？」

野島は呆《あき》れていた。

「しょうがなかったんだ。あいつしか、愛奈の居場所を猿橋に教えることができる人間はいないと思った」

「ちょっと冷静に考えなさいよ。人の居場所なんて、どうにでも調べられるわ」

「ああ……。そうだな。……俺は馬鹿だ。愛奈がさらわれたと知って、頭に血が上っちまったんだ」

頭を抱える天地の背後に、岩浜が移動する。彼は切ない表情で、夕雨子に言った。

「――責めないでやってくれ。豪は鳥山愛奈に惚《ほ》れてるんだよ。小西と彼女が知り合ったときからずっとな」

聞こえていないはずの野島も察したようだ。夕雨子は話を事件のことに戻した。

「『お前たちの罪を、ハチミツの雨は流してくれない』。これは、どういう意味でしょう」

「俺たちの曲だよ」

「――『ハニーレインの罪と罰』だな。ありゃ、こいつらにしてはなかなかいい出来だ」

岩浜は言うと、ギターを弾きながら歌いはじめた。それと判断できる歌詞の部分だった。

『俺たちの罪を、ハチミツの雨は流してくれない。

流してくれるのは、ちんけな夢だけ』

「その歌詞になぞらえて、鳥山愛奈を痛めつけているってわけ」

夕雨子が伝えた歌詞を聞いて、野島は言った。

「拉致した女を縛り付けて頭からハチミツを垂らすなんて、とんだ異常者ね。絶対捕まえてやらなきゃ。ところでこの『レインボー』っていうのは？」

やはりいつの間にか野島のほうが、取り調べの主導権を握っているようだった。

「俺たちがよく使っていたスタジオ。二年くらい前に潰れて、ビルごと廃墟《はいきょ》みたいになっているって聞いた」

「どこにあるの？」

「ブロードウェイから歩いて五分ってとこかな」

「中野区なのね？」

野島の顔がとたんに輝きはじめる。

「これは、うちに捜査本部が立つことになる。早速課長に報告しましょう！」

活躍の場が与えられたとでも言いたげに、野島は取調室を飛び出していった。

5

天地豪がコンビニに押し入った一件の顛末《てんまつ》書。天地に送り付けられたメールのコピー。鳥山愛奈の顔写真入りの経歴。《レインボー》概況と周辺の地図。そういった資料がホチキス止めにされた紙束を、夕雨子と野島は誰もいない大会議室の長机に並べていく。全部で四十人分くらいあるだろうか。

「ああ、もう！」

野島が、誰にともなく罵声を口にした。

「なんで私がこんなことをしなきゃいけないのよ」

「――ずいぶん荒れてるな、野島さん」

エレキギターを弄びながら、岩浜が苦笑した。

「仕方ないじゃないですか。捜査本部が立つときの、所轄署員の仕事です」

「それはわかってる。でも、どうして捜査本部から外されなきゃいけないの？」

重要な事件の捜査本部というのは普通、本庁からやってくる捜査一課の刑事たちと、所轄署の刑事課に所属する刑事から構成される。当然、野島と夕雨子も参加してしかるべきだった。ところが、いざ捜査本部が立つというときになり、二人の前に署長の平橋《ひらはし》が現れた。そして直々に、「資料の整理、その他手伝いのみの参加だ」と申し渡されてしまったのだ。天地にも本庁の刑事の許可なしに話をすることはできなくなった。

ただでさえ野島は、チームワークを乱すとして本庁では鼻つまみ者だったと聞く。ましてや、一度ミスをしたスモーキー・ウルブズ連続殺人事件の捜査本部に関わらせるわけにはいかないというのは、署長だけではなく本庁の意見だろう。

「こんな雑用……」

「雑用だって、重要な仕事です」

そう言ってなだめる夕雨子の心にも、もやもやした雲のようなものがかかっている。

少し前の夕雨子なら、こんな気持ちにはならなかっただろう。殺人、傷害致死、強盗、放火……そういった血なまぐさい事件に関わるのはごめんだし、なんと言っても捜査本部にやってくる本庁の刑事のエリート然とした態度が苦手だからだ。

だが今回は違う。鳥山愛奈の安否が心配なのはもちろんのこと、天地のことも気になる。自分でも意外なことに、夕雨子もまた野島と同じように、捜査本部に関わりたいのだった。

資料を並べ終わったちょうどそのとき、前方の扉が開き、スーツ姿の二人組が入ってきた。

「ご苦労様です」

とっさに背筋を伸ばし、敬礼をする。二人の顔を、夕雨子は知っていた。

警視庁捜査一課、有原俊成《ありはらとしなり》とその部下の神原《かんばら》だ。有原は夕雨子のほうを一瞥《いちべつ》し、そのまま野島に目を移す。

ふん、と馬鹿にしたような鼻息を一つ。

「所轄の雑用か。組織の一員として働くことの重要性を勉強するにはいい経験だろう」

彼は、かつて野島が捜査一課にいた頃にコンビを組んでいた刑事なのだった。一人で突っ走る野島が、組織の一員として出世を目指す有原と相性のいいはずがなく、常に対立していたという。夕雨子は以前、二回、事件で有原と関わったことがあるが、彼の野島に対する態度は常に、自分の足を引っ張るお荷物といった感じだった。

「捜査本部からは外したと平橋署長から聞いた。資料を置いたらさっさと出ていけ」

「あんたたちなんかに、事件を解決することができるかしら」

「自分のミスを棚にあげて何を言う。《ライヒ》でお前がミスをしなければ、猿橋の身柄などとっくに押さえられていたんだ」

にらみ合う二人。

「——なんだか、火花でも散りそうな雰囲気だな」

門外漢の岩浜が言う。野島は悔しそうな顔をしていたが、夕雨子に無言で合図すると、会議室を出て行った。階段のほうからは本庁の刑事たちや夕雨子と同じ刑事課の職員たちが続々上がってきて、会議室の中へ入っていく。

「な、何をやっているんだ、お前たちは」

慌てた様子で駆け寄ってきたのは、藤堂課長だった。

「今すぐ、下に戻れ。いいな」

念を押すように言って、会議室へ入っていった。野島を捜査本部に関わらせるなと、誰よりもきつく言われているようだった。

「このままずごすごと引き下がってたまるかって」

聞こえないように野島は言う。女子トイレへと夕雨子を引っ張っていった。

「捜査本部なんていまだに男ばっかりだから、ここには誰もこないはず。……クウタ。いるんでしょ？」

あれ、と夕雨子は周囲を見た。岩浜の姿が見当たらない。出入り口から顔を出すと、廊下で手持ち無沙汰に佇んでいる。

「クウタ。野島さんが呼んでるけど」

「——女のトイレになんか入れるかよ」

「見えてないから大丈夫だって」

「──でもよ」

ギターのネックをいじりながらもじもじとためらっているその姿は、普通の高校一年生のようだった。野島が夕雨子の背後から顔を出した。

「クウタ、そこにいるの？　ちょっと捜査会議、覗いてきてよ」

「えっ？」

岩浜より先に、夕雨子が驚いた。

「私たちはここにいるから、内容を少しずつ伝えに来なさい」

夕雨子と行動を共にするようになってから、野島は次第に（彼女にとっての）見えない存在に慣れてきていた。だけどまさか、幽霊を使うことを考えるなんて。ところが野島のこの申し出に、さっきまでもじもじしていた岩浜の態度が変わったのだ。

「──なんか、面白そうだな」

岩浜は右手の指を弦の上にすべらせ、にやりと笑った。野島が企《たくら》みをするときの笑顔にそっくりだった。

6

捜査会議は午後七時から三十分ほど続いた。岩浜空太は五分おきに女子トイレに現れては、要点を押さえて報告してくれた。

《レインボー》は、中野ブロードウェイにほど近い立地にある四階建てビル『境《さかい》第三ビル』の二階にあり、天地が言ったとおり二年前に廃業し、半年後にビル自体の建て替えがあるために人は出入りしていない。夕雨子の同僚である中野署の刑事がメンテナンス業者を装って立ち入ったところ、《レインボー》跡のテナントにも、他の階にも誰もいなかったという。

本庁から来た管理官以下、捜査員はおおむね、犯人は猿橋宏であると見ている。ビルの周辺には建物や駐車場があり、人通りもそれなりにある。そればかりか、目と鼻の先に交番まであり、猿橋はこれに気づいていないのだろうかと少し議論があった。

天地が警察にコンタクトを取ったことを知られないため、表立って現場に近づくことは避けたほうがいいと、有原（岩浜は「さっきのオールバックの目つきの悪い男」と表現した）が提言し、皆それに同意した。

　二十三時、天地には盗聴器をつけてもらい、指定どおり《レインボー》へ行ってもらう。一般人を装った捜査員たちは周辺の逃げ道となりそうな要所に配置する。そういう計画になった。

「ふーん」

　野島は顎に手を当て、少し考えた。

「猿橋は《レインボー》に現れるかしらね」

「どういうことですか？」

「誰も出入りしないビルなら、入っていくところを周辺住民にでも見られたら怪しまれる。ましてや、人質を連れているわけでしょ？」

「──たしかに、何かもう一歩深い企みがありそうだな」

　捜査会議のすべてを見てきた岩浜は今やすっかり、野島の部下のような顔つきになっている。

「でも、今のところ手掛かりは《レインボー》しかないんです。野島さん。私たちも行きましょう」

「どうやってよ」

「私たちは捜査から外されています。ということは、定時で帰宅するのは不自然じゃありません。こっそり現場に行くのは大丈夫です」

「――ユウコ、お前、ワルだな」

「あんた、悪いこと考えるようになったわね」

二人は示し合わせたように、同じことを言う。

「野島さんの影響です」

どちらにともなく、夕雨子は答える。

「でも、周辺には有原たちも来るのよ。見つかったらどうするの?」

「見つからない張り込み場所を探しましょう」

スマートフォンを取り出し、『境第三ビル』の周辺マップを調べた。そしてすぐに、唯一無二の場所を見つけた。

7

二十二時。店内には煌々《こうこう》と明かりが灯《とも》っている。

夕雨子は窓際の机につき、道路を挟んだ向かい側の『境第三ビル』の出入り口を凝視している。野島は、すぐそばの席に座り、葛城《かつらぎ》という女性店長にマニキュアを塗られているところだった。

「来ますかね」

「そっち見ない」

ボブカットの葛城は窓の外をちょくちょく気にしており、その都度、野島に注意されている。

「あんな近くに交番があるんですもん。難しいですよ、犯罪を犯すのは」

たしかに、『境第三ビル』のすぐそばには、交番がある。普段出入りの少ないビルとはいえ、犯罪には向かなそうな立地であるというのは、大きな疑問の一つだ。

ちなみに夕雨子たちが今いるのは、雑居ビル五階のネイルサロンである。野島と共に午後八時すぎに訪れ、客に聞こえないように警察であることを葛城に告げた。向かいのビルによからぬ者が出入りするかもしれないから張り込みに使わせてもらいたいと申し出たところ、

「本当に、こういうことってあるんですね！」

眉をひそめるどころか、葛城は興奮しはじめたのだった。

営業時間は二十一時までだが、練習のために深夜まで残ることもよくあるため、照明をつけ続けるのは不自然ではないと彼女は言った。のみならず、ビルが見えやすいようにと机と椅子を窓際に寄せてくれた。

「ここでお客さんのふりをしながら見張りましょう」

ここまで協力的な一般市民は珍しかった。だが、それ以来彼女はずっと野島に話し

かけ続けているのだった。

「あと一時間ですよ、緊張します」

「なんであんたが緊張するのよ」

野島は煩わしそうに答える。

「――いつもこうなのかよ」

夕雨子の隣にいる岩浜が訊いた。

「何が？」

小声で答えるが、葛城は野島に話しかけるのに夢中で、気づいていない。

「――張り込みだよ。一ヵ所に何時間も」

「まだ二時間よ。何日も交代でじっとしていることだってある」

「――大変だな。でも賢いと思うぜ、ネイルサロンなんて。こんな女子っぽい店から刑事が見てるなんて、誰も思わねえもんな」

夕雨子がネイルサロンを張り込み場所に選んだのはまさに「女子っぽい」という理由だった。男ばかりの捜査本部の刑事が、こんな店を張り込み場所として選ぶわけがない。読みは見事に当たったようで、誰も夕雨子たちがここにいることに気づいている様子はなかった。

「――なあユウコ。お前、なんで刑事なんかになったんだよ」

「刑事課に配属になるつもりなんてなかった。交通課とか、生活安全課とか、いろいろあるの」

「――でも、警察官になりたいっていう希望はあったんだろ？」

「子どもの頃、友だちがいなくなっちゃったんだ」夕雨子はさらに、声を潜めた。

「私がちょっと眠っているすきに」

「――そういやユウコ、豪にそんなこと言ってたな。でも、ちょっと眠ってるすきにってなんだよ。話してみろよ」

「なんでクウタに話さなきゃいけないの」

「――知りたいんだよ、ユウコのこと」

予想外の返事にどきりとして、彼のほうを向いた。テーブルの上に重ねた腕に顔を乗せ、上目遣いで夕雨子を見ている。十五歳にしてもあどけない顔立ちと、大人びた口調とのギャップに心を揺さぶられる。生きていれば二十七歳という言葉が頭をよぎった。いけないいけない、と頭を振る。

「わかった。話す。でもその代わり、クウタのほうも聞かせて」

「――何をだよ」

「十二年もこの世に留まっている理由」

＊

道路に見覚えのある顔が現れたのは、十時五十八分のことだった。

「天地さん、来ましたよ」夕雨子は野島に向かって言った。

「えっ？」

「そっち見ない！」

窓の外を振り向こうとする葛城を叱り飛ばし、野島は外を確認する。夕雨子も注目していて、おや、と思った。革ジャンを着てあたりをうかがっている天地の後ろに、見覚えのあるギター少年がいるのだった。

「クウタ……」

いつのまに店から消えたかと思ったら、あんなところにいたのだ。夕雨子のつぶやきが聞こえたかのように、彼は振り返ってこちらを仰ぎ、右手を頭上に掲げて親指を立てた。そして、天地と共にビルに入っていく。

「それにしてもおかしいですね」

葛城が眉をひそめた。

「かれこれ三時間見張っていますが、誰も入ってないです。これから来るんですか、悪者？　だとしても目立ちますよね」

首を突っ込みたがるこの性格はいただけないが、言っていることは的を射ていた。

正規の捜査員たちは近くで、天地の様子を受信機でうかがっている。夕雨子たちには何もない。捜査本部に入れなかったことが、今さらながらにもどかしかった。

五分ほどがすぎた。天地は出てこない。まさか中でよからぬことが……。暗い想像が頭をよぎったそのとき、二階の窓から白い塊がふわっと湧き出てきた。人の形……幽霊だと判明するが早いか、ものすごい勢いで夕雨子めがけて飛んできて、窓ガラスをすり抜けた。

「――ユウコ、ユウコ！」

「きゃっ！」

夕雨子はのけぞり、椅子ごと倒れてしまった。

「――何やってんだよ、ユウコ。大変なんだよ」

岩浜空太だった。夕雨子は起き上がり、「びっくりさせないでよ！」と怒鳴りつける。

「どうかしたんですか？」

葛城が目を丸くしている。

「な、なんでもないです。ちょっと、失礼します」

岩浜に目くばせをし、店の出入り口から共同のエレベーターホールへ出た。

「何があったのよ?」

「──俺、豪について、ビルの中に入ったんだよ」

「うん」

「──《レインボー》のドアは開いてて、豪は中に入った。誰もいなかった。しばらくそうしていたら、あいつのスマートフォンにメッセージが入ったんだ」

今度はちゃんと後ろに回り込んで画面をのぞき込んだと、岩浜は言った。

「──また『S』からのメッセージだった」

《レインボー》のビルは周囲に建物が多すぎてダメだ。別の場所を待ち合わせ場所とする。今から十分以内に鷺宮《さぎのみや》の《マーシャル》へ来い。メッセージの内容はそういうもので、また動画が添付されていた。

「──さっきと同じアングルの鳥山愛奈だった。もう抵抗するのをあきらめたようにぐったりとしていて、頭の上からは、さっきよりもたくさんのハチミツがかけられてたよ」

『お前たちの罪を、ハチミツの雨は許してくれない』

最初のメッセージを思い出し、夕雨子は身震いした。人質の頭にハチミツをかけるなんて、スモーキー・ウルブズの楽曲を引用した当てつけとしても異常すぎる。いったい猿橋は、鳥山愛奈をどうするつもりなのか。

「でも、鷺宮なんて。車もなしに今からいける？」

「――『路地裏に自転車を用意してある』とメッセージにはあって、レジの引き出しの中に鍵が入ってた。豪が飛び出していったろ？」

天地は捜査員たちにそれを伝えただろう。捜査員たちもまた鷺宮に向かうだろう。帰宅を装ってここへ来たため、車はない。どうしようかと迷って、夕雨子はとりあえず店の中に戻る。

「野島さん。天地さんに猿橋からメッセージが。十分以内に鷺宮に行かなきゃいけないそうです」

「十分で？　行けるわけないじゃない。タクシーを呼ぶにしても、ここらへんは道が狭くて入ってくるのに時間がかかるだろうし、表通りに出るにも時間がかかるし……」

「天地さんは自転車で行くそうです。私たちは、どうしましょう」

「どう……って、とにかく、出ましょう」

勢いよく立ち上がる野島。表通りまで出てタクシーを拾うつもりだろうか。アプリで呼んだほうが早いだろうかといろいろ考えていると、

「あの……」

葛城が声をかけてきた。

「よかったら、使います？　私の原付」

8

それからちょうど十分後、夕雨子は葛城の原付に乗って鷺宮のビルについた。タクシーを使ったほうが早いかもしれないと、野島は表通りに走ったが、夕雨子のほうが早かった。

複雑な住宅街の中の道を抜け、背後にだだっ広い公園のある、四階建てのビルだった。一階のテナントに入っている喫茶店が《マーシャル》である。二十三時をすぎているので閉店しており、ガラス製の出入り口の前には鉄製の格子が下りている。

「――ここは、小西がよく来ていた喫茶店なんだ。豪が小西に誘われたのもここだった」

岩浜は懐かしそうに、視線を隣のビルにやった。

「――豪が加入してから初めてのお披露目は、そこの二階の小さなスタジオさ」

二階へ続く階段の脇に《ＢＬＵＥ　ＰＩＣＫ》と書かれた看板があるが、表面のプラスチックが割れている。ビルの周囲には雑草も生えていて、ビル全体が死んでいるように見えた。

「——一つ、大きな部屋があってさ。舞台みたいなのも設置できて、格安でライブができるんだ。俺も生きてた頃、年をごまかして通ったもんだけど、オーナーが病気になってから、ここも閉まっちまった」

「それより猿橋は？　鳥山さんは？」

「——そうだな。俺、中に行ってくるよ」

格子やガラス窓をものともせず、岩浜は《マーシャル》の暗い店内に入っていった。

一人取り残され、不安になって周囲を見る。人影はない。捜査本部の面々は来ていないのだろうか。

「大崎」

声が聞こえた。振り返ると、公園の茂みの中に、かちかちと光が点滅していた。次いで、茂みから出てきた顔に、夕雨子は思わず直立不動になってしまう。

「なにやってるんだ、そこをどけ」

てかてかのオールバック。怒気を含んだ顔。有原だった。

やはり先回りしていた。しかしまさか、有原が自ら追ってくるとは。猿橋の身柄は本庁が押さえたいということなのだろう。茂みの中には他に、神原以下、彼の部下が数人控えている。

自分が捜査の邪魔になっていることはわかっている。処分も受けるだろう。でも、もう引き下がるわけにはいかない。

そのとき、向こうから自転車のライトが近づいてくるのが見えた。有原たちはすぐにまた身を隠す。

歯を食いしばって自転車をこいでいるのは天地だった。夕雨子の姿を認めると、彼は速度を速めて、すぐに近くに自転車を停めた。

「大崎さん。どうしてここに？」

「岩浜さんが、導いてくれました」

有原のことは言わず、夕雨子は答える。有原は茂みから出てこなかった。

夕雨子の一言ですべてを納得した天地は、何も聞かずに《マーシャル》の中を覗く。

「誰もいませんね」

「今、岩浜さんが中を見てくれています」

「えっ？……ああ、便利だな。幽霊って」

電子音が聞こえた。天地は慌てた様子で、ポケットからスマートフォンを取り出す。

「知らない番号からです。しかも、テレビ電話だ」

「出てください」

本来なら有原の指示を仰いでから言うべきだっただろう。だが夕雨子は気がはやっていた。野島も到着が遅れている。こうなったら自分が鳥山愛奈を助けるしかないという使命感すら芽生えていた。

天地は通話をタップした。

〈助けて！〉

鳥山愛奈だった。先ほどと違うアングルだ。自分でスマートフォンを持っているようだった。頭からハチミツが垂れている。泣きはらした後だろう、目は赤い。

「愛奈！」

〈天地さん！　私、どうしたらいいの。助けて！〉

「落ち着け。今、マーシャルの前にいるんだ」

〈マーシャル？　違う。ここは、マーシャルじゃなく……あっ！〉

画面の中の鳥山が何かに恐れたように右を向く。

〈ぶっ放すぞ、この野郎！〉

怒鳴り声が割り込んできた。

〈俺が黙ってると思うのか！　これ以上！〉

「猿橋！　愛奈を離せ！」

天地の叫びむなしく、映像は揺れる。やめて、やめてと鳥山の悲鳴が聞こえ、猿橋のほうは興奮していて、何を言っているのかよく聞き取れない。麻薬をやっているのかもしれない。逆上したら何を起こすかわからない。

「愛奈！」

「――ユウコ！」

岩浜が建物から出てきた。

「――上の階まで全部見てきたけど、誰もいなかった。豪、着いたのか」

「今、大変なことに」

夕雨子が言いかけたそのとき、闇を切り裂くような衝撃音が響いた。

銃声だ。電話の向こうからと、直接、耳に響いた。

マーシャルのあるビルではなく、隣のライブハウスのビルからだった。

〈きゃああっ！〉

愛奈の叫び。画像が切れる。その直後――、もう一発、銃声が響いた。

「大崎！」

茂みから、有原が飛び出してきた。神原や、他の捜査員たちもいる。

「――俺、行ってくる！」

岩浜が飛び上がり、ビルの壁へと消える。呼び止める間もなく、夕雨子のコートの襟首が、有原につかまれた。

「貴様、勝手なことをするな。なんだ、今の銃声は？」

「このビルです。猿橋が撃ったものと思われます」

「大崎っ！」

さっき天地が現れたほうから、野島が走ってきた。

「野島、お前まで、なぜここに」

けんか腰になる有原を無視し、夕雨子の肩をつかむ。

「今の銃声は？」

夕雨子は手短に、今あったことを話した。有原の部下たちはすでに、ライブハウスへの階段を駆け上がっていたが、しばらくして降りてきた。

「ダメです。開きません。扉を叩いても誰も出てこず、中からは何の音も聞こえません」

「こじ開けるのも無理か。誰か、強行係に連絡を！」

「あの……」肩を震わせながら、天地が口を開く。「俺、ここのオーナーの高石《たかいし》さんと知り合いです。今は病気で閉めてるんですけど、自宅も近くのはずです。電話すれば、鍵を持ってきてもらえるかもしれない」

「よし、すぐに電話するんだ」

有原は言い残すと、自ら階段を駆け上がっていく。中からは何の音も聞こえないと、さっき神原は言った。だとしたら、もう鳥山愛奈は……

岩浜が壁をすり抜けて降りてきた。もともと死者の彼は、さらに青ざめた表情だった。

「どうしたの？」

捜査員たちに聞かれないよう、小声で訊ねる。

「――とんでもない、結末だ」

岩浜は、震えるような声で答えた。

9

五分もしないうちに、《BLUE　PICK》の経営者、高石はやってきた。鍵を開けると、机や木箱を積み上げたバリケードがあった。高石によれば、電気の契約を切っているため、明かりはつかないということだった。

神原をはじめとした捜査員たちがバリケードを撤去しはじめる。

「鳥山さん、大丈夫ですか？」

捜査員たちの背後から夕雨子は叫ぶ。

「お前たちは帰れ！」

有原が睨みつけてくる。しかし夕雨子が引かない態度を見せると、今はそれどころではないと判断したのか、有原は中を向いた。

「猿橋！　もう逃げられん！　人質を解放しろ！」

バリケードが撤去され、捜査員たちと共に夕雨子や野島もなだれ込む。受付の向こうに、部屋は三つあり、奥の「Cルーム」だけ二十人規模の小さなライブならできるほどの広さだそうだ。

気配はその、「Cルーム」にあった。ピストルを片手に神原が前に出る。同じくピストルを携えた有原と目でコンタクトを取り、その扉を開いた。甘ったるさと黴臭《かびくさ》さ、火薬臭と生臭さ、そういったものが混じりあった、なんとも異様なにおいが夕雨子たちを包んだ。

捜査員たちの懐中電灯から放たれる光が、部屋の内部を照らす。まず、目に飛び込んできたのは、床にうつ伏せに倒れている鳥山愛奈だった。そばに、ロープの巻き付いたパイプ椅子が倒れている。

「愛奈！」

天地が飛び出た。

「行くな！」

有原の命令に従わず、彼は鳥山愛奈のそばに駆け寄ってその体を揺さぶる。夕雨子も近づくと、靴の底にべたりとした感触があった。血？　一瞬そう思ったが、すぐに違うと思い返した。ハチミツだ。懐中電灯の光に照らされた鳥山愛奈の全身はハチミツにまみれていて、髪などは目も当てられない状態だった。周囲には空になったハチミツの容器が散乱し、バケツが一つ、転がっている。

「……天地、さん……？」

鳥山愛奈は目を開けた。そしてすぐに、「きゃああ！」と叫んだ。

「どうしたんだ、愛奈」

「猿橋さんが、自分で胸を……」

部屋の奥を指さす。

「有原さん、あれ！」

同時に、神原が叫んだ。彼が照らしている懐中電灯の光の輪の中には、平台で作られた小さな舞台がある。古いステレオやアンプ、ドラムセットなどが乱雑に置かれる中心に、四肢をだらりとさせて横たわっている男の姿があった。

「猿橋……」

「胸に、傷を負っているようです」

ピストルを構えたまま、有原が近づいていく。そばにしゃがみこみ、その頰を叩いた。ぶふっ、と息が漏れた。

「ま、まだ生きている。早く救急車を！」

部下の一人が、慌てて患部の圧迫止血をはじめ、神原が携帯電話をかけはじめた。息はあるが、猿橋は受け答えができる状態ではなかった。それはまさに、先ほど、夕雨子が岩浜空太から聞かされていた光景だった。

「――明かりがついたペンライトが床に落ちていた。胸から血を流した猿橋の顔を照らしていた」

銃声が響いたあとすぐに《BLUE　PICK》の中に入り込んだ彼はその光景を見て、慌てて戻ってきて夕雨子に報告したのだった。そばにピストルが落ちている。自分で撃ったのだろう。

「私、この椅子に座らされて、両手両足を縛られていたんです。でも、ハチミツをかけられたあとに滑って、ロープから手が抜けました」

鳥山愛奈は涙声で、有原に事情を説明していた。

「バレたら猿橋さんに殺されると思って、ロープがほどけていないふりをして様子をうかがっていました。そうしたらさっき、猿橋さんがトイレに行ったんです。私はそのすきに、猿橋さんが置いていったスマホで、天地さんに電話をかけました。猿橋さんはすぐに帰ってきて、私につかみかかりました。スマホを奪われて通話を切られたんです」

夕雨子も見ていたさっきのやりとりだった。

「『天地は警察に連絡していたか』と猿橋さんは訊きました。私は天地さんが連絡したかどうかわかりませんでしたが、『はい』と答えました。ひょっとしたら猿橋さんが犯行をあきらめて、監禁をやめてくれるかもしれないと思ったからです。でも違いました。猿橋さん、逆上して、私に向けてピストルを撃ってきました……!」

そのときの状況を思い出してか、鳥山の震えは激しくなった。

「私……、腰が抜けてしまって床に倒れてしまって。猿橋さんは『終わりだ』と言ったあとで、自分の胸にピストルを。銃声がして、猿橋さんが倒れる音がしました。私、それで気を失ってしまったんだと思います……」

「有原さん、猿橋は彼女と共に死ぬつもりだったのではないでしょうか」

神原が言った。

「銃弾は当たらなかったが、鳥山さんが倒れたのを見て死んだと思った。もう逃れられないと思い、自分で自分を撃った」

「間違いないだろう」有原も同意する。「とにかく今は救急車を待つんだ」

スモーキー・ウルブズのメンバーを殺害し続けた猿橋の自殺未遂。三人ものバンドマンを殺害した男は、事件の幕を自ら引いたことになる。痛々しく、歯切れの悪さは否めない。しかしとにかくこれで終わった――そういう感覚が夕雨子の中に広がりはじめる。緊張感からの解放と言ってもよかった。

鳥山愛奈を見る。小枝のように折れそうな彼女は、まだ震えている。恐怖と緊張の中で、その精神は疲弊しきっているだろう。もう大丈夫です、あなたは助かったんです。そう言って安心させてあげたい――と思った、そのときだった。

「どうかな」

やけにのんびりとした声がした。

全員がその声のほうを見る。

止血をしている有原の部下のそばにしゃがみこんだ野島友梨香が、力を失った猿橋の手を持ち上げ、その手首にペンライトの光を当てて観察していた。

「野島、貴様！」

「大丈夫よ有原。ちゃんと手袋、してるから」

「そういう問題じゃない。そもそもお前は捜査本部から……」

「大崎」野島は有原を無視するように、夕雨子を呼んだ。夕雨子が近づいていくと、野島は夕雨子の手に何か小さくて硬いものを握らせ、小声で耳打ちする。

「今すぐトイレに行って、これと同じものが落ちてないか探してきて」

「はい？」

「いいから、早く」

二人のやりとりの途中で、神原がため息をつくのが聞こえた。

「有原さん、あんなやつら、放っておきましょう。それより鳥山さんにご同行いただき、もう少し詳しく事情を伺わなければ」

「ああ、そうだな。しかし、ショックを受けられているかもしれない。聴取は明日からでも」

「私、大丈夫です」鳥山愛奈は涙声ながらも、気丈に答えた。「ただその前に、私、全身ハチミツだらけで。着替えさせていただきたいんですけど」

「もちろん。署でシャワーを浴びていただいて結構です。着替えも用意させます」

「ちょっと待っててくれる？」

野島が止める。

「なぜ貴様の言うことを聞かなければならないんだ」

そうだ、そうだと周囲の捜査員たちがはやし立てる。

「待ってってって！」

野島は大声を張り上げた。

「どうせ救急車が来るまでもう少しかかるでしょ？　少しでいいの。ハチミツの雨が流してしまう前に」

どういう意味だ、という疑問が一同を沈黙させた。夕雨子も他の捜査員たちと同じ気持ちだ。猿橋が天地へ送った映像の中で当てつけのように使った、スモーキー・ウルブズの曲の歌詞──。

「大崎、早くしなさい」

「は、はい！」

夕雨子はＣルームから飛び出す。待機していた高石にトイレは受付の奥の扉だと教えられた。

「──おいユウコ、野島さんは何を考えてるんだよ」

ついてきた岩浜が、耳元で訊ねる。

「わからない。でもあの人は、何かに気づいている。私は、野島さんを信じる」

トイレのドアを開き、懐中電灯で床を照らす。タイルがはがれた、埃だらけの汚い床だった。カバーの付いていない便座も、タンクも黄ばんでいる。そのタンクのすぐ下に、夕雨子は黒い塊を見つけた。拾い上げ、さっき野島が手渡してきたものと比べる。とてもよく似ていた。

「──なんだ、それ？」

「さあ」

五ミリ四方の、黒いプラスチックのかけらだ。もともと紐状だったプラスチックをはさみで刻んだかけらに見えた。

Cルームに戻ると、先ほどと同じ光景が待っていた。

「野島さん、ありました」

「ナイス、大崎。一つでも残っていてよかったわ」

「いったい、何だというんだ？」

イライラした様子で有原が訊ねる。鳥山愛奈も天地も、不安そうだった。

「猿橋、手の甲もべたべたしてるのよ」

野島は口を開いた。

「指や手のひらにハチミツがつくのはわかるわ。でも甲にまでこんなにつく？」

「何をくだらないことを気にしているんだ。これだけ多くのハチミツを使ったんだ、甲にだってついておかしくない」

有原が言う。

「そうだとしても、死ぬ前にトイレに行ったんでしょ？　そのとき、ハチミツを洗い流していてもよさそうなものじゃない」

「はっきり言え。何が言いたい？」

「誰か別のハチミツまみれの手が、猿橋の手に触れたんじゃないかってことよ」

野島は猿橋の手を有原に見せるように、ペンライトの光を当てた。

「不審に思った私はさらによく観察した。そうしたら面白いものが見つかったわ。手首に、赤い筋がついている」

「赤い筋？」

「そう。しかも、黒いプラスチックのかけらまで落ちていた。これは、結束バンドを切ったものだわ」

どういうことだ、と有原は沈黙した。野島はそれに答えるように、笑みを浮かべた。

「縛られていたのは、猿橋のほうよ」

10

後から駆け付けた刑事たちが持ってきた白熱灯で、Cルームは明るくなった。全体が照らされると、意外と狭い部屋だということがわかった。舞台の平台は四分の一を占め、そこから見て対面の壁には、機材の入った木箱やパイプ椅子が積み上げられている。

「こんなのも見つかったわ」

野島はドラムセットの椅子の下から、タオルを拾い上げていた。白熱灯の近くに持って行ってよく観察し、

「髪の毛がついてる。毛根の状態から見て、つい最近抜けたものね。猿橋はこれを口に嚙まされていたんでしょう。調べればきっと唾液も検出される」

「猿橋が縛られていたというのは、どういうことだ?」

眉間にしわを寄せ、有原が訊ねる。

「間抜けな質問ね。詳しく言わなきゃいけない? 猿橋はここへ連れてこられ、犯人に仕立て上げられ、撃たれた。真犯人はきっと彼を殺すつもりだったけれど、身をよじられて致命傷にはならなかった。猿橋がぐったりしたのを見て、死んだと思ったんでしょ」

「真犯人だと。誰のことだ?」

「一人しかいないじゃない。ね、鳥山愛奈さん」

まさか。夕雨子はぞっとしながら、彼女に目を向けた。細い肩を震わせ、何のことかわからないというように彼女は首を振る。ハチミツにまみれたその顔は、白熱灯に照らされて蠟《ろう》人形のように白い。

「ハチミツまでかぶって、用意周到ね」

「妄言を吐くのもいい加減にしろ」

有原がイライラしながら言った。

「妄言かどうか、もう少し聞いてから判断してほしいわ。彼女は自ら誘拐されたように見せかけ、天地豪にメッセージを送った。初めに《レインボー》を指定場所に選んだのは、わざと警察に協力をさせるためね。あそこは交番のすぐ近くだから、嫌でも天地が協力を要請せざるを得ない。実際には天地はそれよりずっと前に私たちと関わっていたわけだけど」

鳥山愛奈は何も答えず、野島を見ている。

「なぜ、警察に協力させなければならないんだ」

有原が訊いた。

「〝追いつめられた猿橋が自殺をした〟というシナリオを遂行するためよ。彼女は今日の早いうちにこのビルへ猿橋を連れ込み、結束バンドとタオルで身動きをとれなくしておいた。《レインボー》からわざと隣の《マーシャル》のビルにまで、天地とついてくるであろう警察を導いた彼女は、猿橋のスマホをつかってテレビ電話をかけ、自分が襲われているように印象付けた」

「ちょっと待て」

天地が口を挟んだ。

「俺は愛奈と通話をした。愛奈はたしかに、猿橋に襲われていた。大崎さんも見ただろ？」

「はい」

夕雨子は同意するが、野島は首を振った。

「猿橋の姿は見てないんでしょ？」

「でも、怒鳴り声が」

「鳥山さん。あなた、どうして自分のじゃなく、猿橋のスマホを使ったの？」

夕雨子の言葉を遮り、野島は訊いた。

鳥山は怯んだようだが、「それは……」と答えた。「私のは、取り上げられていて、どこにあるかわからなかったからで」

「じゃあどうして今は、持っているの？」

野島が指さしたのは、鳥山のパンツだった。ポケットに、スマートフォンの膨らみがあった。

「猿橋さんが撃ったあと、見つけたんです」

「えっ？」

天地が鳥山のほうを向く。この発言がおかしいことには、夕雨子もすぐに気づいた。鳥山はさっき、『猿橋が自殺したのを見てすぐ気を失った』と証言したはずだった。

有原の顔にも、他の捜査員の顔にも、鳥山愛奈への疑いが浮かびはじめていた。野島はそれを確認したかのように微笑むと、ステージのほうへ足を運びながら「私が代わりに言ってあげる」と続けた。

「あなたは自分のスマホを使うことはできなかったの。これにつないで、記録されている猿橋の声を出さなければならなかったからね」

ステージ上にあるステレオをぽんぽんと叩いた。夕雨子は思い出していた。猿橋が所属していたバンド、GOOZの楽曲は、間奏に、世の中を罵倒するような叫びのセリフがある。〈ぶっ放すぞ、この野郎！〉〈俺が黙ってると思うのか！　これ以上！〉——あれは、曲から抽出し、デジタル処理で音楽を消した猿橋の声だったのではないか。映像編集を得意とする鳥山愛奈には、たやすいことだろう。

「ここを立てこもりの舞台に選んだのはこれが理由よ。すぐそばで猿橋に怒鳴られているのを装うには大きな音を出す設備が必要。古いけど立派なスピーカーが放置されているここは、うってつけのステージだったというわけ。ちなみにここに、バッテリー電源もあるわ。ビル自体に電気が通ってなくたって、前もって充電しておけばスピーカーに電気は通せる」

「愛奈、お前、あれは、芝居だったのか……」

呆然《ぼうぜん》としたように、天地が言った。鳥山は激しく首を振った。

「でたらめです、あの刑事さんの言っていることは！……私、ピストルなんて」

「銃声が二発聞こえたあとに自殺死体が見つかったら、疑わなきゃいけないことがあるわ」

彼女の訴えを遮るように、野島は言った。

「死者は一発目で誰かに撃たれ、そのあと手にピストルを握らされ二発目を発砲させられた」

「どうしてそんなことをするんですか」

夕雨子の問いに答えたのは、意外にも有原だった。

「硝煙反応をつけるためだな」

銃を発砲したとき、撃った人間の手や腕にはどうしても微量の火薬が付着する。これを調べたものが硝煙反応だ。硝煙反応があればその人物はピストルを撃ったことが明らかになり、なければ撃った事実がないことになる。

鳥山は猿橋が発砲したように見せかけるため、ピストルを握らせて引き金を引かせた。そのときに彼女の手についていたハチミツが、猿橋の手の甲についたと野島は言うのだった。

「でも」夕雨子は疑問をさしはさむ。「それなら、鳥山さんからも硝煙反応があるはずでは……」

「だから彼女は用意周到だっていうのよ」

野島は鳥山のほうに向き直った。華奢なその体には、頭から上半身、下半身に至るまで、べっとりとハチミツがついている。

「事情聴取を受ける前にシャワーを浴びたいという彼女の希望は聞き入れられるでしょう。そのとき、すぐに洗濯したかったといって、一緒に服も洗ってしまう。警察が用意してくれた服に着替えれば、硝煙反応は永遠に出ないわ」

なんということだ。夕雨子は開いた口がふさがらなかった。天地も、有原も、岩浜も、生死に関わらず、そこにいるすべての者が、すでに鳥山愛奈の犯行を信じていた。

「猿橋を撃ってすぐ、あなたは猿橋の結束バンドを切り、細かく切ってトイレに流した。焦っていたあなたは猿橋がまだ生きていることには気づかなかったのでしょう」

鳥山愛奈は泣きそうな顔で首を振っている。野島はさらに追及した。

「鳥山愛奈。今すぐスマホを提出しなさい」

「そんな……」

「『S』を装ったメールであなたが告げたとおり。ハチミツの雨は、硝煙反応は流してくれても、あなたの罪を流すことはできないわ」

「ああ……ひどい……」

鳥山はふらりとよろけ、壁際の木箱にもたれかかった。

「と、とにかく鳥山さん、署ですべてを調べさせていただきます」

神原がその肩に手をかけようとした瞬間、銃声が響いた。天井からコンクリートのかけらが落ちてきた。

天地が頭を抱え、しゃがみ込む。神原は腰が抜けたようで、床に尻もちをついていた。

鳥山愛奈はこちらを振り返っていた。今撃ったばかりのピストルを、野島に向けていた。

「もう一挺《いっちょう》あることまでは見抜けなかったようですね」

ハチミツだらけの顔は、残忍に微笑んでいる。今までの華奢で弱々しい彼女は、どこにもいなかった。

「みんな死んで当然なの。みんなみんな、死んでっ！」

ピストルを天井に向け、もう一発。一同が身を伏せたすきをつき、彼女は部屋を飛び出した。

「待てっ！」

捜査員たちが追う。夕雨子と野島も追おうとしたが、その前に、有原が立ちはだかった。

「貴様たちはここまでだ」

「どうしてよっ！」

「どうしても何もない。この事件の犯人は、本庁があげるというのがわからないのか！」

有原は声を荒らげたのを恥じるかのように大きく息を吐くと、猿橋のほうを振り返った。遠くからサイレンの音が聞こえてきた。

「救急隊員たちの対応は、任せた」

夕雨子たちの返事を待たず、有原は部屋を飛び出す。あとには、夕雨子と野島、天地、猿橋、それに岩浜空太が残された。

11

「愛奈……どうして……」

うす汚れたコンクリートの床に座り込み、天地は泣き続けている。

「――気を落とすなよ、豪」

「気を落とすなって、クウタが」

夕雨子が告げるが、天地は首を振り続けるだけだ。心配そうに見守る岩浜空太。言い出すなら今だ、と夕雨子は思った。

「クウタ。そろそろ、天地さんに本当のことを告げるときじゃない？」

「――ん？」

「あなたがこの世に留まっている、本当の理由」

「――やめとくよ」

「これは、天地さんのためじゃない。あなたのためなの」

夕雨子は真剣に訴えた。

「弟分の従兄弟に隠し事を告げられないまま、あなたは死んでしまった。その苦しみを抱えながら、十二年もこの世に留まり続けた。もう、楽になっていい頃よ」

岩浜は目をそらし、ギターの弦をいじり続けている。

「クウタ。あなたはとても優しくて、勇気がある。捜査でこんなに幽霊に助けられたのは初めてよ。だから私はあなたをどうしても助けたい。苦しみから解放したいの」

ふっ、と岩浜は笑みを見せた。

「――かなわねえなユウコには。いいよ。ユウコの口から、豪に話してくれ」

夕雨子はうなずき、不思議そうにしている天地のほうを向いた。

「天地さん。ミックを轢いたのは、パトカーじゃなかったの。クウタのお母さんよ」

「えっ！」

天地は口を開けたまま、夕雨子の顔を見つめた。

ミックが轢かれたあの日、泣き続ける天地の代わりに、岩浜は目撃者を探して回ったが、ついに犯人は見つからなかった。怒りと悔しさで熱くなりながら家に帰ると、車庫にあった母親の車のバンパーがひしゃげているのを発見した。まさかと思って母親を問い質すと、ミックを轢いてしまったと涙ながらに告白したのだそうだ。

「クウタのお母さんは、正直に謝ると言ったそうだけど、それをクウタが止めたんですって。お母さんを守りたかったという気持ちと、もし真実が知れてしまったら、天地さんとぎくしゃくしてしまうかもしれないと恐れたって」

それ以降、岩浜は天地にことさら優しく接するようになった。だがずっと心の奥底にミックのことが引っかかっていて、いつか正直に話さなければいけないと思い続けていたのだそうだ。

「そうだったのか……」

天地はそれだけ言った。岩浜は目を伏せ、唇をかみしめていたが、

「――すまない、豪」

「『すまない』って謝っています」

夕雨子は天地に告げる。

「許してあげてくれますか」

「当たり前だろう」

天地はすぐに答えた。

「クウタは俺に音楽を教えてくれた、生涯で一番の友だちだ。何があっても揺るがないって約束しただろ」

「──豪」

「俺は大丈夫だ。もう苦しまないで、向こうに行ってくれ。寂しいなんて言うんじゃねえ。俺が音楽やってる限り、お前はずっとそばにいるんだからな」

「──ああ……」

岩浜は涙ぐんだが、その顔を夕雨子に見られるのが恥ずかしかったのか、くるりと背を向けた。

「クウタ」野島が声をかけた。「あんた、男前よ」

「──野島さん、俺の顔、見えないんだろうがよ」

笑いながら、こちらを振り返る。その体を、黄色い光が包みはじめていた。

「──ユウコ。俺、本当はもう一つ、心残りがあるんだ」

「何よ」

「──ユウコのいなくなった友だちを探す手伝いを、してやりたかった」

鼻の奥がツンとなった。泣いてはいけない。

「ありがとう。それは、野島さんに頼むわ」

岩浜はにこりと笑う。

「――それなら安心だな」

いっそう強くなる光の中、彼はピックを取り出し、ギターの弦をかき鳴らす。もう音は聞こえてこなかったが、魂の震えを感じた。夕雨子に向かって微笑んでみせ、ピックを投げてきた。夕雨子に届かないうちに、ピックごとその姿は消えた。

「クウタ……」

天地豪は下を向き、涙に震えていた。夕雨子も、おそらく野島も、十年来の友人と別れたような気持ちだった。

そのとき――

銃声が響いた。

野島が天井を見上げる。

遠くで、割れるような叫び声が聞こえた。神原の声だった。

夕雨子の胸に、ざわめきが広がっていく。それは、どんな霊に出会っても感じたことのなかった、どす黒い不安の塊だった。

エピローグ

スモーキー・ウルブズはもともと、都内にある私立高校の軽音部の同級生四人で結成されたバンドだった。ボーカルの小西康、ギターの花形翔太、ドラムの名取一矢、そしてベースの滝谷恵吾《たきたにけいご》である。作曲は主に花形と滝谷が担当していたが、優れていたのは滝谷のほうだった。

在学中から都内のライブハウスに出演して少しずつ名を売った彼らに転機が訪れたのは、高校を卒業して一年目のことだった。大手の音楽事務所が滝谷の作曲のセンスに目を付け、声をかけてきたのだった。専属の作曲家として、有名歌手のために曲を提供してほしいというのだった。契約の条件として事務所が突きつけてきたのは、「スモーキー・ウルブズは今後一切、滝谷恵吾の曲を客前でやらない」という内容だった。

四人は何度も話し合った。滝谷はチャレンジしたいとメンバーに訴えたが、三人は反対した。バンドを抜けてほしくないというのは表向きの理由で、評価されているのは滝谷の曲ばかりだという事情が重きをしめていた。今、彼の曲が使えなくなると、デビューは遠のいてしまう。三人は焦ったが、滝谷の心は離れていくばかりだった。

そして滝谷はついに、反対を押し切って契約書を提出すると宣言した。交渉が決裂したと見た三人は強硬手段に訴えることにした。滝谷の自宅のある団地で待ち伏せし、階段から突き落とした。

一命をとりとめた滝谷だったが、もともと神経が細かったこともあり、高校時代からの友人に殺されかけたことにショックを受け、音楽活動は一切できなくなった。そして、突き落とされてから二ヵ月後、苦悩の末に自ら命を絶ったのだった。

滝谷は生前、三人に突き落とされたことを秘密にし、自分で落ちたのだと警察にも周囲にも言っていた。――ただ一人を除いて。

その一人というのが、当時メンバーにも内緒で交際していた鳥山愛奈なのだった。

自分の励ましが届かず、滝谷が命を落としたことに鳥山は絶望し、やがてその絶望は三人への復讐心として膨れ上がっていった。鳥山はライブに足を運んだことはなく、三人とは面識がなかった。

その頃、スモーキー・ウルブズは天地豪という新しいベースを迎え、着実に成功への道を歩みはじめていた。評価が高いのは相変わらず、亡き滝谷恵吾が残した曲ばかりだった。鳥山愛奈は悔しさを押し込め、ただのファンとして小西に近づき、オリジナルのPVの制作を手伝うようになる。そして、小西の恋人となることに成功した。

もちろん恋人になったのは復讐のためで、小西に心を許したことは一度もなかった鳥山は、あるとき、スモーキー・ウルブズを激しくねたむ猿橋宏という男の存在を知った。彼に近づき、共に三人を亡き者にしようと持ちかけた。

麻薬を扱う反社会的勢力とつながりのある猿橋はすぐに乗り気になり、どこからかピストルを調達してきた。そして、自分の思いどおりになる小川たけという青年を使い、小西を殺害させたのだった。

次なるターゲットは花形翔太だった。鳥山は「猿橋のことで話がある」と花形をおびき寄せ、待ち伏せていた猿橋に殺害させた。名取一矢の場合はすでに警護がついていたので困難だったが、なんとか外におびき寄せて同じように殺害させた。

もとより天地豪に恨みはない鳥山としてはこれで復讐は終わりだったが、猿橋を犯人と思わせておいたほうが都合がいいので、身を隠すようにと彼に念を押していた。ところが猿橋はとんでもない行動を起こした。

いつも麻薬の受け取り場所として使っている西麻布の《ライヒ》にて警察に囲ま

れ、捕まりかけた。そしてあろうことか猿橋は、刑事を一人、撃ち殺したのだ。

これ以上猿橋が暴走して捕まることがあれば、自分の身も危うい。鳥山は自分のアパートに猿橋を匿《かくま》い続けたが、限界が来ていた。

そして、事件前日。猿橋は「自首をする」と言い出したのだった。

鳥山の頭の中に浮かんできたのは、天地豪の顔だった。猿橋が天地をおびき寄せるために自分を誘拐し、最終的に警察に追いつめられて自殺する。そういうシナリオを警察や関係者に信じ込ませることしか、自分が助かる道はないと考えた。小西の恋人のふりをしていたことがあることから、所縁《ゆかり》のあるライブハウスやスタジオのことはよく知っていた。

——以上が、鳥山愛奈が取り調べで白状した事件の顚末である。本庁捜査一課が血眼になって追い続けた事件の真犯人が、華奢な二十三歳の女性だったということに、警察中が身震いをするようだった。

そして、事件から三日が経った。猿橋の意識はまだ戻らず、彼から事情を聴くのはまだ先だと、捜査本部は覚悟している。

＊

夕雨子は野島と二人、新宿三丁目の飲食店の間を歩いていく。二十二時五十分。そろそろ「深夜」といえる時間帯だ。酔った人々が楽しそうに歩いていく中、喪服姿の二人は、場違いだった。

華やかな建物の中に埋もれるように、その食堂はあった。

《あざみ食堂》。

引き戸を開けると、店主の老夫婦がそろってこちらを向いた。

「こんばんは」

「あら、友梨香ちゃんに夕雨子ちゃん、待ってたわよ」

おばさんが嬉しそうに言う。おじさんも口元を緩め、片付けの続きに戻る。

「すみません、こんな遅くに」

「いいのよ。わざわざありがとうね。二人とも、晩ごはんは?」

「けっこうです。祥吾に……」

「はいはい、どうぞ。上がってちょうだい」

ストールを取りながら、カウンターとテーブル席の間を縫って、奥の出入り口へ進む。右に伸びる廊下を進み、和室に入り、野島と並んで仏壇の前に座ると、慣れた寒気が夕雨子の背中を這い上がってきた。

「──やあ」

二人の前（といっても、夕雨子にしか見えないが）に現れた彼は、にこやかに挨拶をした。

「どうも、こんばんは」

「――解決したらしいな、スモーキー・ウルブズの事件」

「解決っていうか、まあ……」

「――犯人は、小西の恋人だったんだって？　驚いたよ」

「そうです」

「――驚いたよ。俺も彼女には事情聴取をしたが、そんなそぶりは……、ところで、二人とも、なんだその格好は？」

事件の経過について、報道されていないことも含め、夕雨子は電話で彼の母親に伝えてあった。だが一つ、重要なことを伝えていなかった。

「お葬式帰りなんです」

「――葬式？　誰のだよ」

「有原よ」

野島が口を開いた。祥吾の顔色が変わった。

「彼は死んだわ。また、私のせいよ」

あの日、鳥山愛奈はCルームを飛び出し逃亡したが、階段の下にはすでに、防弾装備に身を包んだ警察官たちが大勢待機していた。ピストルでは対応できないと思った彼女は階上へ逃亡し、屋上へ出た。

屋上の隅に追いつめた鳥山を、有原は説得しようと試み、近づいていった。そして、その手からピストルを奪い取ろうと飛びついた瞬間、鳥山は発砲したのだった。銃弾は有原の、防弾チョッキに覆われていない首に命中した。他の捜査員がすぐに飛びつき、鳥山愛奈は取り押さえられた。

ただちに警察病院に搬送された有原だったが、すぐに死亡が確認されたという。もともと注目度が高かった事件だけあり、本庁捜査一課の刑事が一人命を落としたことに、報道も過熱した。有原の葬儀は大きな規模で行われることになった。

夕雨子と野島も二人で、その葬儀に足を運んだ。本庁の刑事たちの、野島に対する目は冷ややかなものだった。それでも表立って追い立てようとする者はおらず、二人は有原の棺《ひつぎ》の前に立つことができた。

初めから、ストールは外していた。手を合わせ、親族席に頭を下げたとき、夕雨子は見た。

防弾チョッキを着たまま、首元を血だらけにした有原が、こちらを睨みつけているのを。夕雨子は彼を見、息を詰まらせながら目礼をした。

「貴様ら、よくこの葬儀に顔を出すことができたな」

神原が話しかけてきたのは、葬儀場を出たときだった。

「野島。お前は一度ならず二度までも、俺たちの仲間を死へ追いやった」

「そんな。野島さんはただ推理をしただけです」

「黙れ！」神原は唾を飛ばした。「貴様は疫病神だ。こいつがチームワークを乱すことで、死が生まれる」

「言いがかりです」

「大崎、いいの」

野島は夕雨子の肩に手を置いた。

「私が有原を殺した。……そういうことよ」

悲哀というより疲労が感じられる言い方だった。夕雨子が初めて見る、野島の姿だった。

「行きましょう」

鹿野川祥吾のところへ報告に行こうと誘ったのは、夕雨子のほうだ。失意の野島とこのまま別れてしまうのが忍びなかった。野島も同意し、《あざみ食堂》に連絡を入れ、店が終わるまでの時間をファミリーレストランでつぶした。

野島は終始、沈鬱の底に沈んだ表情で、頼んだコーヒーに手もつけなかった。会話など、何もなかった。

　今、祥吾の仏前にいて、野島は同じような顔でうつむいている。

「――気を落とすな、って言っても、無理な話か。そりが合わなかったとはいえ、もともとコンビを組んでいた相手だからな」

　祥吾は野島を労《いた》わるように、夕雨子に言った。

「――実際、初めのうちは有原が野島のワンマンなところをかばっていたようなこともあったんだ」

「そうだったんですか……」

「――まあ、初めのうちだけな」

　祥吾は苦笑いをした。

　野島は黙ったまま祥吾の仏壇を眺めている。自分が原因で死んでしまった彼のことを悼み、責めているのかもしれない。ここへきたのはさらに野島を追いつめたことになるのだろうか。夕雨子がそんな心配を心に浮かべたとき、

「帰りましょう」

　野島は静かに言って、立ち上がった。夕雨子は何も言わずに従う。

「――大崎」

祥吾が声をかけてきた。

「──スモーキー・ウルブズのことは終わったが、野島にはまだ、解決しなきゃいけない事件が残ってる」

わかっていた。「青山女子大生殺人事件」。被害者の羽鳥聡美のため、そして失意の母親のために、なんとしても犯人の柿本久志を捕まえなければならない。それは野島の悲願ともいえた。

「──野島のこと、支えてやってくれ」

「わかりました」

夕雨子はうなずき、野島の後を追った。

《あざみ食堂》を出ると、冬の闇が待ち構えていた。千鳥足のサラリーマンの二人連れが、陽気に歌いながら前を通り過ぎる。夕雨子と野島はどちらからともなく、新宿三丁目の駅を目指して歩きはじめる。

言葉もなく、靖国《やすくに》通りへ出た。歩行者信号は赤だった。信号を渡ればもう駅だった。

それにしても寒い。霊を見ないためではなく防寒のため、夕雨子はストールを首に巻くことにした。

そのときだった。

「——大崎夕雨子」

耳元で声がして、ぞわりとした。右を見て、夕雨子は凍り付いた。防弾チョッキを着こみ、首周りを血まみれにした、有原が立っていたのだ。

「あ、有原さん……」

夕雨子の言葉に野島は素早く振り返った。

「有原がいるの？」

「はい。ここに……」

「——やはり、俺のことが見えていたのか」

葬儀で目を合わせたことで、察したのだろうと夕雨子は思った。

「——信じられない。こんなことがあるなんて」

「有原さん、どうして……」

「——野島のことだ、おそらく鹿野川祥吾の仏前へ報告するだろうと察しがついた。たしか鹿野川の家はこのあたりの定食屋だったと記憶していたが、記憶があいまいで見つけることができなかった」

それでしばらく彷徨《さまよ》っていたところ、夕雨子たちの姿を見かけたというのだった。

「有原さん。なんといえばいいか……申し訳ありません」

「――今回のことは、自分のミスだ。現場に出て武器を持つ犯人を追う限り、危険は覚悟しなければならない」

「でも、私たちのことを恨んでいるから、こうして現れたんですよね」

「――勘違いするな。今さら恨んでどうなる」

有原は目を吊り上げた。

「――思い残したことがあるんだ。『青山女子大生殺人事件』を知っているな？」

「野島さんが追い続けている事件ですね」

夕雨子は野島に目くばせをした。野島もすぐに察したようだった。

「――そうだ。いいか大崎、野島に伝えろ」

有原はぐっと夕雨子に近づく。

「――俺は、犯人の柿本久志の居場所を、知っている」

息が、止まりそうになった。

歩行者信号が青に変わる。周囲の人波は動きはじめるが、夕雨子と野島は立ち止まったまま、動くことができなかった。


（続く）

本書は文庫書下ろし作品です。

|著者| 青柳碧人　1980年、千葉県生まれ。早稲田大学クイズ研究会出身。2009年『浜村渚の計算ノート』で第3回「講談社Birth」小説部門を受賞してデビュー。一躍人気となり、シリーズ化される。「ヘンたて」シリーズ（ハヤカワ文庫JA)、「ブタカン！」シリーズ（新潮文庫nex)、「西川麻子」シリーズ（文春文庫)、「玩具都市弁護士《トイ・シテイ・ロイヤーズ》」シリーズ（講談社タイガ）など、シリーズ作品多数。'20年『むかしむかしあるところに、死体がありました。』（双葉社）で本屋大賞ノミネート。

霊視刑事夕雨子《れいしけいじゆうこ》 2　雨空《あまぞら》の鎮魂歌《レクイエム》

青柳碧人《あおやぎあいと》

2021年2月16日第1刷発行

発行者——渡瀬昌彦
発行所——株式会社　講談社
東京都文京区音羽2-12-21　〒112-8001
電話　出版（03）5395-3510
　　　販売（03）5395-5817
　　　業務（03）5395-3615

Printed in Japan

講談社文庫
定価はカバーに
表示してあります

デザイン—菊地信義
本文データ制作—講談社デジタル製作
印刷———豊国印刷株式会社
製本———株式会社国宝社

落丁本・乱丁本は購入書店名を明記のうえ、小社業務あてにお送りください。送料は小社負担にてお取替えします。なお、この本の内容についてのお問い合わせは講談社文庫あてにお願いいたします。

ISBN978-4-06-522420-5

講談社文庫刊行の辞

二十一世紀の到来を目睫に望みながら、われわれはいま、人類史上かつて例を見ない巨大な転換期をむかえようとしている。

世界も、日本も、激動の予兆に対する期待とおののきを内に蔵して、未知の時代に歩み入ろうとしている。このときにあたり、創業の人野間清治の「ナショナル・エデュケイター」への志を現代に甦らせようと意図して、われわれはここに古今の文芸作品はいうまでもなく、ひろく人文・社会・自然の諸科学から東西の名著を網羅する、新しい綜合文庫の発刊を決意した。

激動の転換期はまた断絶の時代である。われわれは戦後二十五年間の出版文化のありかたへの深い反省をこめて、この断絶の時代にあえて人間的な持続を求めようとする。いたずらに浮薄な商業主義のあだ花を追い求めることなく、長期にわたって良書に生命をあたえようとつとめるところにしか、今後の出版文化の真の繁栄はあり得ないと信じるからである。

同時にわれわれはこの綜合文庫の刊行を通じて、人文・社会・自然の諸科学が、結局人間の学にほかならないことを立証しようと願っている。かつて知識とは、「汝自身を知る」ことにつきていた。現代社会の瑣末な情報の氾濫のなかから、力強い知識の源泉を掘り起し、技術文明のただなかに、生きた人間の姿を復活させること。それこそわれわれの切なる希求である。

われわれは権威に盲従せず、俗流に媚びることなく、渾然一体となって日本の「草の根」をかたちづくる若く新しい世代の人々に、心をこめてこの新しい綜合文庫をおくり届けたい。それは知識の泉であるとともに感受性のふるさとであり、もっとも有機的に組織され、社会に開かれた万人のための大学をめざしている。大方の支援と協力を衷心より切望してやまない。

一九七一年七月

野間省一

庄野潤三
世をへだてて
解説＝島田潤一郎　年譜＝助川徳是
突然襲った脳内出血で、作家は生死をさまよう。病を経て知る生きるよろこびを明るくユーモラスに描く、著者の転換期を示す闘病記。生誕100年記念刊行。
しA16
978-4-06-522320-8

庄野潤三
庭の山の木
解説＝中島京子　年譜＝助川徳是
家庭でのできごと、世相への思い、愛する文学作品、敬慕する作家たち——著者のやわらかな視点、ゆるぎない文学観が浮かび上がる、充実期に書かれた随筆集。
しA15
978-4-06-518659-6

あさのあつこ　NO.6〔ナンバーシックス〕#9
あさのあつこ　NO.6beyond〔ナンバーシックス・ビヨンド〕
あさのあつこ　待　っ　て　る〈橘屋草子〉
あさのあつこ　さいとう市立さいとう高校野球部(上)(下)
あさのあつこ　甲子園でエースしちゃいました〈さいとう市立さいとう高校野球部〉
あさのあつこ　おれが先輩？〈さいとう市立さいとう高校野球部〉
阿部夏丸　泣けない魚たち
朝倉かすみ　肝、焼　け　る
朝倉かすみ　好かれようとしない
朝倉かすみ　ともしびマーケット
朝倉かすみ　感　応　連　鎖
朝倉かすみ　たそがれどきに見つけたもの
朝比奈あすか　憂鬱なハスビーン
朝比奈あすか　あの子が欲しい
天野作市　気　高　き　昼　寝
天野作市　みんなの旅行
青柳碧人　浜村渚の計算ノート
青柳碧人　浜村渚の計算ノート　2さつめ〈ふしぎの国の期末テスト〉
青柳碧人　浜村渚の計算ノート　3さつめ〈水色コンパスと恋する幾何学〉

青柳碧人　浜村渚の計算ノート　3と1/2さつめ〈ふえるま島の最終定理〉
青柳碧人　浜村渚の計算ノート　4さつめ〈方程式は歌声に乗って〉
青柳碧人　浜村渚の計算ノート　5さつめ〈鳴くよウグイス、平面上〉
青柳碧人　浜村渚の計算ノート　6さつめ〈パピルスよ、永遠に〉
青柳碧人　浜村渚の計算ノート　7さつめ〈悪魔とポタージュスープ〉
青柳碧人　浜村渚の計算ノート　8さつめ〈虚数じかけの夏みかん〉
青柳碧人　浜村渚の計算ノート　8と2分の1さつめ〈つるかめ家の一族〉
青柳碧人　浜村渚の計算ノート　9さつめ〈恋人たちの必勝法《マーチンゲール》〉
青柳碧人　霊視刑事夕《ゆ》雨《う》子《こ》1〈誰かがそこにいる〉
朝井まかて　花《はな》競《くら》べ〈向嶋なずな屋繁盛記〉
朝井まかて　ちゃんちゃら
朝井まかて　す　か　た　ん
朝井まかて　ぬ　け　ま　い　る
朝井まかて　恋　　歌
朝井まかて　阿《お》蘭《らん》陀《だ》西《さい》鶴《かく》
朝井まかて　藪《やぶ》医《い》　ふらここ堂
朝井まかて　福　　袋
歩《あゆみ》りえこ　ブラを捨て旅に出よう〈貧乏乙女《ぜろか》の〝世界一周〟旅行記〉
安藤祐介　営業零課接待班

安藤祐介　被《とり》取《しま》締《られ》役《やく》新入社員
安藤祐介　おい！　山　田〈大翔製菓広報宣伝部〉
安藤祐介　宝くじが当たったら
安藤祐介　一〇〇〇ヘクトパスカル
安藤祐介　テノヒラ幕府株式会社
青木　理　絞　首　刑
麻見和史　石　の　繭〈警視庁殺人分析班〉
麻見和史　蟻《あり》の階段〈警視庁殺人分析班〉
麻見和史　水晶の鼓動〈警視庁殺人分析班〉
麻見和史　虚空の糸〈警視庁殺人分析班〉
麻見和史　聖者の凶数〈警視庁殺人分析班〉
麻見和史　女神の骨格〈警視庁殺人分析班〉
麻見和史　蝶の力学〈警視庁殺人分析班〉
麻見和史　雨色の仔羊〈警視庁殺人分析班〉
麻見和史　奈落の偶像〈警視庁殺人分析班〉
麻見和史　鷹《たか》の砦《とりで》〈警視庁殺人分析班〉
麻見和史　凪《なぎ》の残響〈警視庁殺人分析班〉
麻見和史　深紅の断片〈警防課救命チーム〉
有川　浩　三匹のおっさん

講談社文庫　目録

五木寛之　海外版 百寺巡礼 朝鮮半島
五木寛之　海外版 百寺巡礼 中　国
五木寛之　海外版 百寺巡礼 ブータン
五木寛之　海外版 百寺巡礼 日本・アメリカ
五木寛之　青春の門 第七部 挑戦篇
五木寛之　青春の門 第八部 風雲篇
五木寛之　親鸞 青春篇(上)(下)
五木寛之　親鸞 激動篇(上)(下)
五木寛之　親鸞 完結篇(上)(下)
五木寛之　五木寛之の金沢さんぽ
井上ひさし　モッキンポット師の後始末
井上ひさし　ナ　イ　ン
井上ひさし　四千万歩の男 全五冊
井上ひさし　四千万歩の男 忠敬の生き方
井上ひさし／司馬遼太郎　新装版 国家・宗教・日本人
池波正太郎　私　の　歳　月
池波正太郎　よい匂いのする一夜
池波正太郎　梅安料理ごよみ
池波正太郎　わが家の夕めし

池波正太郎　新装版 緑のオリンピア
池波正太郎　新装版 殺しの四人〈仕掛人・藤枝梅安(一)〉
池波正太郎　新装版 梅安蟻地獄〈仕掛人・藤枝梅安(二)〉
池波正太郎　新装版 梅安最合傘〈仕掛人・藤枝梅安(三)〉
池波正太郎　新装版 梅安針供養〈仕掛人・藤枝梅安(四)〉
池波正太郎　新装版 梅安乱れ雲〈仕掛人・藤枝梅安(五)〉
池波正太郎　新装版 梅安影法師〈仕掛人・藤枝梅安(六)〉
池波正太郎　新装版 梅安冬時雨〈仕掛人・藤枝梅安(七)〉
池波正太郎　新装版 忍びの女(上)(下)
池波正太郎　新装版 殺　し　の　掟
池波正太郎　新装版 抜討ち半九郎
池波正太郎　新装版 娼　婦　の　眼
池波正太郎　近藤勇白書(上)(下)〈レジェンド歴史時代小説〉
井上　靖　楊　貴　妃　伝
石牟礼道子　新装版 苦《く》海《がい》浄土《じょうど》〈わが水俣病〉
いわさきちひろ　ちひろのことば
いわさきちひろ／松本　猛　いわさきちひろの絵と心
いわさきちひろ／絵本美術館編　ちひろ・子どもの情景〈文庫ギャラリー〉
いわさきちひろ／絵本美術館編　ちひろ・紫のメッセージ〈文庫ギャラリー〉

いわさきちひろ／絵本美術館編　ちひろの花ことば〈文庫ギャラリー〉
いわさきちひろ／絵本美術館編　ちひろのアンデルセン〈文庫ギャラリー〉
いわさきちひろ／絵本美術館編　ちひろ・平和への願い〈文庫ギャラリー〉
石野径一郎　新装版 ひめゆりの塔
今西錦司　生　物　の　世　界
井沢元彦　義　経　幻　殺　録
井沢元彦　光と影の武蔵〈切支丹秘録〉
井沢元彦　新装版 猿丸幻視行
伊集院　静　乳　　房
伊集院　静　遠　い　昨　日
伊集院　静　夢は枯野を〈競輪躁鬱旅行〉
伊集院　静　野球で学んだこと ヒデキ君に教わったこと
伊集院　静　峠　の　声
伊集院　静　白　　秋
伊集院　静　潮　　流
伊集院　静　機　関　車　先　生
伊集院　静　冬　の　蜻蛉《とんぼ》
伊集院　静　オ　ル　ゴ　ー　ル
伊集院　静　昨日スケッチ

講談社文庫　目録

2020年12月15日現在